Christina Jahnke
Patricia Baumann

Wir vom Jahrgang 1979

Kindheit und Jugend

Impressum

Bildnachweis:

Privatarchiv Jahnke: S. 4, 8, 11, 12, 14, 16, 18, 19 o., 22, 27, 28, 30, 32, 36, 37, 38 o.r., 41, 43, 45, 55, 57 r., 60 u.; Privatarchiv Baumann: S. 5, 6 o./u., 7, 9, 13, 17, 19 u., 20, 26, 29, 31, 42 o./u., 44, 50 l./r., 51, 57 l.; Privatarchiv Holleyn: S. 10, 40, 49, 53, 54, 60 o.; Privatarchiv Langenbahn: S. 21; Privatarchiv Dolenc: S. 24, 34, 38 o.l., 61, 63; Privatarchiv Hiltmann: S. 33; Privatarchiv Schmidt: S. 38 u.; Privatarchiv Meier: S. 56;
ullstein bild – ddp: S. 15 l.; ullstein bild – Public Address: S. 15 r.; ullstein bild – Teutopress: S. 23; ullstein bild – A. Schorr: S. 39 o.; ullstein bild – KPA: S. 39 u.; ullstein bild – ImageBROKER/Norbert Michalke: S. 46; ullstein bild – United Archives/PictureLux/T: S. 48; ullstein bild – P. Piel: S. 58;

Wir danken allen Lizenzträgern für die freundliche Abdruckgenehmigung.
In Fällen, in denen es nicht gelang, Rechtsinhaber an Abbildungen zu ermitteln, bleiben Honoraransprüche gewahrt.

6., überarbeitete Neuauflage 2018

Gestaltung und Satz: r2 | Ravenstein, Verden
Druck: Druck- und Verlagshaus Thiele & Schwarz GmbH, Kassel
Buchbinderische Verarbeitung: Buchbinderei S. R. Büge, Celle

34281 Gudensberg-Gleichen • Im Wiesental 1
Telefon: 056 03/9 30 50 • www.wartberg-verlag.de
ISBN: 978-3-8313-3079-9

Vorwort

Liebe 79er!

Wir 79er wurden im Internationalen Jahr des Kindes geboren – was für eine Begrüßung! Jahre von Computern, Handys und Technorhythmen entfernt, empfingen uns die schrillen Farben der ausgehenden 70er in unserem neuen Zuhause. Die Badezimmerkacheln in Grün oder Rosa, das Telefon in Orange oder Grau. Die Tapeten zeigten wilde Muster und unsere gelben Frottee-Strampler zierten Marienkäfer und Bärchen.

Schritt für Schritt eroberten wir die Welt um uns herum. Wir konnten es nicht erwarten, endlich ohne Stützräder zu fahren, auf Bäume zu klettern und im Winter mit dem Schlitten die Hänge abwärts zu rasen. Und bevor uns Gameboy und Privatfernsehen in ihren Bann zogen, tobten wir mit unseren Freunden im Garten, saßen im Planschbecken und spielten Verstecken. Gummitwist, Schokomilch und Stickeralben – damit verbrachten wir die Pausen in der Grundschule. Wir rauften, vergaßen beim Spielen die Zeit und lernten das Abc.

Sehen wir heute Fotos von damals, denken wir: „So sahen wir aus?" Die Mode der 80er- und 90er-Jahre war eigenwillig, und das waren wir auch. In Converse und Docs standen wir unserer ersten großen Liebe gegenüber. Wir grölten die Songs von Grönemeyer und Nena und tanzten auf Partys zu Dancefloor-Musik. Irgendwann merkten wir, dass die Welt viel größer war als unser zu Hause und die Schule. Zu dem Zeitpunkt hatten wir schon längst die Kinderschuhe gegen Buffalos getauscht. Wir sagten „Lebewohl" zu David Hasselhoff, zu Brenda und Dylan.

He-Man und Hans Meiser, Boris Becker und Barbie: Was haben diese vier wohl gemeinsam? Zusammen mit Pippi Langstrumpf, St. Martin, Nena und Helmut Kohl waren sie und viele andere über lange Jahre unsere Begleiter. Heute sagen wir: „Viel Spaß beim Wiederentdecken der Kindheit und Jugend unseres Jahrgangs 1979!"

Christina Jahnke

Patricia Baumann

Uns blieb
nichts erspart

Endlich da: Unsere Eltern nahmen uns dankbar in Empfang.

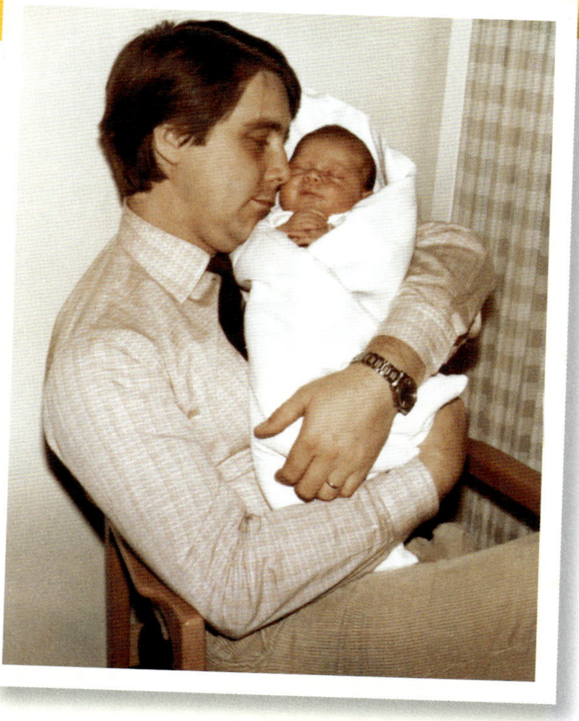

Orange – überall!

Im letzten Jahr der wilden 70er lagen wir rosig, schrumpelig und schreiend in den Armen unserer Eltern. „Wir freuen uns über die Geburt unseres Sohnes“ oder „Hurra, unser Schwesterchen ist da!“ – Mit kleinen Geburtsanzeigen gab die Familie unsere Ankunft bekannt. Wenn Mami und Papa die freudige Nachricht ganz schnell mitteilen

Chronik

13. März 1979
Das europäische Währungssystem, mit dem die europäische Rechnungseinheit ECU eingeführt wird, tritt in Kraft und wird Vorläufer des Euro.

3. Mai 1979
Margaret Thatcher, bald als „Eiserne Lady" bekannt, wird britische Premierministerin.

23. Mai 1979
Karl Carstens (CDU) wird zum fünften Präsidenten der Bundesrepublik gewählt.

13. Januar 1980
Die in Karlsruhe neu gegründete Bundespartei Die Grünen versteht sich als „Alternative zu den herkömmlichen Parteien".

6. April 1980
Zum ersten Mal seit dem Zweiten Weltkrieg gilt in der Bundesrepublik wieder die Mitteleuropäische Sommerzeit.

19. Juli 1980
Olympische Spiele in Moskau: 30 Staaten boykottieren die Spiele, weil sowjetische Truppen im Dezember 1979 nach Afghanistan einmarschiert waren.

8. Dezember 1980
In New York wird John Lennon, Kopf der Beatles, auf offener Straße erschossen.

12. April 1981
Die Raumfähre Columbia ist das erste Space Shuttle, das ins All fliegt. Der Raumpendler hebt von Cap Canaveral in Florida ab.

13. Mai 1981
Papst Johannes Paul II. überlebt ein Attentat schwer verletzt. Zwei Jahre später besucht der Papst den Attentäter in seiner Gefängniszelle und verzeiht ihm.

29. Juli 1981
Die Märchenhochzeit: In London heiratet Prinz Charles Diana Spencer, genannt Lady Di.

10. Oktober 1981
In Bonn demonstrieren 300 000 Menschen für Frieden und Abrüstung. Es ist die bislang größte Friedensdemonstration.

Herzlich Willkommen: In unseren Familien fühlten wir uns wohl.

wollten, wurde angerufen. Telefone gab es damals in den modischen Farben Grün, Orange und Grau – das waren die Töne, die unser Säuglings- und Kleinkindalter mit vehementer Hartnäckigkeit begleiteten. Mit langen Kabeln, schwerem Hörer und einer Wählscheibe waren die Sprechapparate ausgestattet. Wir 79er kannten alle nur einen einzigen Klingelton. Variationen gab es damals nicht. Auch dass man das Telefon mit an jeden beliebigen Ort nehmen konnte, war unseren Eltern damals noch fremd.

Käfer und Bärchen

Je nach Wetter wurden wir in selbst gehäkelte Jäckchen und Wolldecken eingewickelt. Die waren oft in Braun- und Orangetönen gehalten und bestachen durch ein raffiniertes Lochmuster.

Echte Handarbeit: So waren wir fertig für einen Spaziergang.

Häufig in Handarbeit unserer Großmütter entstanden, wurden uns die Deckchen zur Geburt geschenkt.

Neben unseren roten und grünen Nicki-Strampelanzügen mit Marienkäfer- und Bärchen-Applikationen war das Erste, was wir in unserem neuen Heim erblickten, das sich lustig drehende Mobile über unseren Köpfen. Das entdeckten wir von unserem Babybett oder unserer Wickelkommode aus, wenn wir auf dem Rücken lagen.

Die Kommode war überhaupt ein Ort, an dem es für uns unheimlich viel zu ergründen gab. Da lag neben uns eine große Dose von der „guten", Wasser abweisenden Penatencreme und der angenehm duftende Babypuder, der immer so schön stäubte. Und natürlich Unmengen von Einwegwindeln. Und noch etwas erblickten wir von unserem Wickeltisch aus: Damit uns 79ern nicht zu kalt war, wenn unsere Eltern uns von der alten Windel befreiten, hing an der Wand oft ein Heizstrahler.

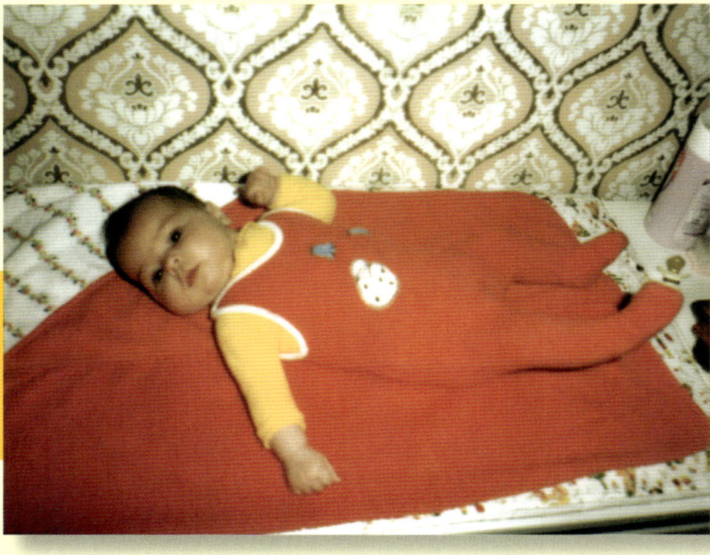

Auf dem Wickeltisch: erst die Windel, dann der Frottee-Strampler. So war uns immer schön warm.

Mit Neugier voraus!

Wie wir an den Deckchen und Telefonen schon erahnen konnten, stellten wir bald fest, dass an dem mutigen Farb- und Mustermix des ausgehenden Jahrzehnts kein Vorbeikommen möglich war. Das merkten wir spätestens, als wir selbst in der Lage waren, unsere Umgebung genauer zu inspizieren: Die Tapete über unseren Köpfen zeigte Schilfgras, wilde Muster oder Ornamente in grünen, braunen und beigefarbenen Tönen. Im Badezimmer ging es genauso weiter: Die Fliesen waren grün-, beige- oder rosafarben. Passend dazu lagen vor dem Waschbecken Badezimmerteppiche. Aus der gleichen Serie ergänzte häufig der Toilettensitzüberzug die Gemütlichkeit im Bad. Die Wäschekörbe aus Plastik waren farblich abgestimmt und durch deren blumenförmige Löcher sahen wir unsere dreckigen Lätzchen und Strampelanzüge neben den breit gerippten Baumwollstrumpfhosen. Weiter oben hingen riesige runde Spiegel, eingefasst in schwere Glasrahmen, oder als Alternative dazu ein dreiflügeliges Badezimmerschränkchen.

Von unserer Krabbeldecke auf dem Wohnzimmerboden aus entdeckten wir braun-weiß gemusterte Vorhänge und schwere dunkelgrüne Stoffbahnen vor den Fenstern. Die wuchtigen Wohnzimmerschränke nahmen mit ihrem dunklen Holz ganze Wände ein und lockten mit etlichen verbotenen Schubladen und Türen. Schwer und groß waren auch die Sofatische. Die hatten oft braun-grün marmorierte Kacheln auf der Tischplatte und die Höhe konnte mit einem Hebel verstellt werden. Dunkles Holz oder wahlweise Tapeten aus einem Material, das so aussah wie Jute, war an Wänden und Decken im Flur verteilt. Von dort krabbelten wir in die Küche, ein willkommenes Entdeckungsziel.

Als wir uns dort besser auskannten, stellten wir fest, dass eine Farbe das Rennen in der Küche gemacht hatte.

Dekorativ: Frottee vor grün-beige-farbener Tapete.

Und das war Orange. In diesem Ton gab es die Kaffeemaschine, den Lampenschirm und in Blumenmustern tauchte er auf Frühstücksbrettchen und Geschirrtüchern immer und immer wieder auf. Beim Kochen hatten unsere Mütter und Großmütter noch Schürzen an und die sahen den Frühstücksbrettern ziemlich ähnlich.

Unsere Taufe: An diesem Tag standen wir im Mittelpunkt.

Unser großer Tag

Das Jahr 1979 wurde von den vereinten Nationen offiziell zum Internationalen Jahr des Kindes ernannt. Eine bessere Ausgangsposition konnte es für uns nicht geben – bis zu unserem ersten großen Ereignis: der Taufe. Während einige friedlich die Zeremonie verschliefen, strampelten und schrien andere, als kämen sie zum ersten Mal mit Wasser in Berührung. Und keiner von uns konnte sich gegen das meterlange Taufkleid wehren, das uns – egal ob Junge oder Mädchen – übergezogen wurde. Die Hitliste der 79er-Namen reichte von Stefanie und Sabrina über Ivonne, Anna, Christina bis hin zu Daniela und Jessica. Viele Jungen wurden Christian, Stefan, Matthias, Martin oder Manuel genannt.

Nach der Taufe ging es dann ans Essen. Entweder mit einem bescheidenen Drei-Gänge-Menü oder gutbürgerlich in einem Restaurant. Gern auch mit selbst gemachtem Braten, Kartoffeln und Gemüse zu Hause. Die kulinarische Spannweite war überschaubar. Für uns im Übrigen auch: Fertige Babynahrung im Gläschen gab es zwar schon, aber die Auswahl war begrenzt. Unsere Mütter ergänzten das mit selbst zermatschten Bananen und Zwieback und das war's. Das Stillen war bei den 79er-Müttern nicht unbedingt beliebt oder besonders empfohlen. Wenn das der Fall war, hieß unsere erste Nahrung nicht Muttermilch, sondern Milumil und Aptamil. Dieses weiße Pulver wurde mit Wasser angerührt und anschließend erhitzt. So konnten uns auch unsere Väter füttern.

Besser als unser persönliches Taufessen waren die vielen Geschenke. Armbänder und Ketten mit unserem Namen, das erste Sparbuch, ein Becherchen aus Silber, das erste kleine Besteck mit passendem Kinder-Geschirr, flauschige Frottee-Handtücher mit Kapuze, Babykleidung und natürlich Kuscheltiere gab es da. Auch hier wieder ganz vorn dabei: Frottee. Zu farbenfrohen Frottee-Schlafanzügen gesellten sich hellblau-weiße Frottee-Püppchen ins Kinderbett – und in dem häuften sich in den nächsten Jahren ganze Horden von Teddys, Elefanten, Äffchen und Hunden.

An der Leine: So konnten wir nicht ausbüxen.

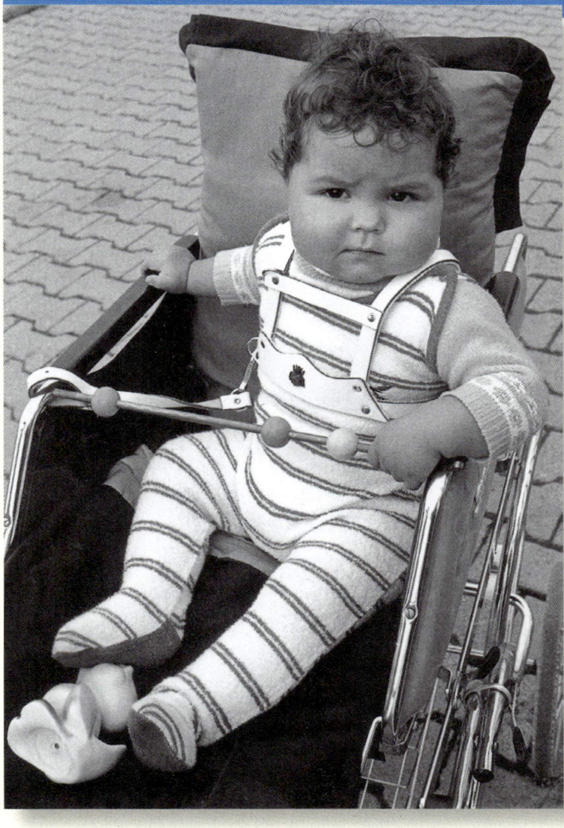

Da musste jeder durch

Bald bekamen wir unsere ersten Zähne. Unsere Eltern müssen zu dieser Zeit noch mehr schlaflose Nächte verbracht haben als sowieso schon. Sie gaben uns deshalb mit Gel gefüllte Beißringe, die im Kühlschrank gekühlt wurden. Wenn gar nichts mehr half, bekamen wir ein ben-u-ron-Zäpfchen und unsere Mütter betupften unser Zahnfleisch mit dem schmerzstillenden Dentinox.

Um selbst für unsere Ablenkung zu sorgen, machten wir uns oft auf Entdeckungstour und kundschafteten robbend und krabbelnd die interessante Welt um uns herum aus. Als dann endlich alle von uns stolz die ersten wackeligen Schritte hinter sich gebracht hatten, wurde unserem Entdeckerdrang jäh Einhalt geboten: Wir wurden an die Leine gelegt. Und zwar im wahrsten Sinne des Wortes: Im Prinzip war unsere Leine nichts anderes als ein Pferdegeschirr – nur eben für unternehmungslustige Kleinkinder, die gern ausbüxten.

Damals waren wir natürlich aufs Höchste empört und fühlten uns ein wenig erniedrigt, auch wenn wir das noch nicht so richtig artikulieren konnten. Derlei Erfahrungen gab es noch mehr. Denn niemand hielt uns davon ab, mitten in der Wohnung auf unserem Töpfchen zu sitzen und staunend nachzuschauen, was wir da hinterlassen hatten. Übrigens war auch der transportable Toilettenersatz oftmals orange. Die Beifallsbekundungen der Eltern zu unseren ersten geglückten Versuchen ermunterten uns, es bald auf der Toilette für die Großen zu versuchen.

Geschafft: Die Windel war endlich Vergangenheit.

Deutschland sieht grün

Die Wurzeln der heutigen politischen Partei Bündnis 90/Die Grünen gehen auf Mitte bis Ende der 70er-Jahre zurück. Dabei fand sich ein breites Spektrum unterschiedlicher politischer Strömungen, die sich mit den etablierten Parteien nicht mehr identifizieren konnten, zusammen. Gemeinsame Ansätze fand man in den Themen Umwelt-, Friedens-, Menschenrechts- und Frauenpolitik. Vor allem aber stand die Ablehnung der zivilen Nutzung der Atomenergie im Vordergrund, was die Meinung großer Bevölkerungsteile widerspiegelte.

Am 13. Januar 1980 wurde schließlich die Bundespartei Die Grünen mit den politischen Schlagworten „sozial", „ökologisch", „basisdemokratisch" und „pazifistisch" gegründet. Ihr Erfolg führte zu heftigen gesellschaftspolitischen Diskussionen.

Die Leitplanken unserer kleinen Welt

Fest davon überzeugt, deshalb endlich nicht mehr zu den Windel-Kindern zu gehören, rückten wir aber unseren über alles geliebten Schnuller trotzdem nicht heraus. Einen in der Hand, den anderen im Mund, schauten wir unsere Eltern nur staunend an, als sie uns die tollsten Geschenke versprachen, damit wir die Schnuller endlich für immer ausspuckten. Unter uns 79ern waren auch Schnuffeltücher und die eigenen Daumen zum Lutschen sehr beliebt.

Vor dem Einschlafen wurde an vielen 79er-Betten ein Gute-Nacht-Gebet gesprochen, in welchem wir dem lieben Gott von unserem Tag erzählten und uns dafür bedankten, dass es uns so gut ging.

Zum Einschlafen sangen uns die Mamas dann vom Mond, der aufgegangen war, von schlafenden Blümelein und sie fragten uns, wie viele Sternlein am Himmel stünden.

Kaum hatten wir uns morgens den Schlaf aus den Augen gerieben, plapperten wir munter drauflos und wunderten uns, warum uns noch niemand so richtig verstand. Aber das änderte sich schnell. „Wauwau“ und „Katzi“ kamen knapp nach dem überaus wichtigen Wort „meins“. „Mama“, „Papa“ und „Ball“ ergänzten natürlich unsere ersten Sprachübungen. Ach ja, und ein klares aber sehr forderndes „Will hoch“ wurde ab dem Zeitpunkt interessant, als wir merkten, dass wir auf den Armen der Großen wesentlich leichter an viel spannendere Sachen als unser Spielzeug heranreichen konnten. Anzufassen gab es da zum Beispiel die teuren Kerzenleuchter im Wohnzimmerschrank, Mamas Mokkatassen-Sammlung und die goldene Wohnzimmeruhr mit den sich immerzu drehenden Kugeln unter dem Ziffernblatt.

Unser Laufstall:
Die Mitte unseres Universums.

Klar, dass wir angesichts einer solch spannenden Welt nicht mehr in unserem hölzernen Laufstall bleiben wollten, der meist im Wohnzimmer aufgestellt wurde.

Da gab es schließlich nur einige Stofftiere, einen bunten Blechkreisel und einen farbenfrohen Plastikwürfel. In den warfen wir kleine dreieckige, runde und quadratische Formen an den richtigen Ausstanzungen hinein. Das hatten wir schnell heraus und das Spiel wurde langweilig. Und dennoch: Von dort aus hatten wir alles im Blick und waren mitten im Geschehen.

Unser erstes Fahrzeug

Anders war das im Kinderwagen. Als wir unseren Kopf noch nicht allein heben konnten, lagen wir kleinen 1979er tief unter den dick aufgebauschten Federdecken und wollten bestaunt werden. Doch spätestens 1980 hatten wir es heraus, aufrecht zu sitzen. Da gab es immer viel zu gucken. Alles wurde kommentiert. „Aaauuutoooo“ schrien wir da verzückt bei jedem braunen Kadett, jeder weißen Ente, die an uns vorbeifuhren. Ein plärrendes „Mein Nulliiii“ ertönte dagegen, wenn unser liebster Begleiter mal wieder aus Verse-

Unsere ersten Ausflüge:
Noch lagen wir unter dicken Daunen.

hen aus dem Kinderwagen auf dem Boden landete – bis wir bemerkt hatten, wie witzig es war, dass sich unsere Eltern daraufhin immer bücken mussten und mit hochrotem Kopf und erhobenem Finger in unseren Wagen schauten und sehr ernsthaft „Nein“ sagten. Wir fragten uns, wie oft sie wohl diese überaus komische Bewegungsabfolge für uns aufführen würden. Wir probierten es aus und machten uns einen Spaß daraus, einfach alles aus dem Wagen zu werfen, was wir fanden: das trockene Brötchen, unser Lieblings-Kuscheltier, unsere Teeflasche und auch Papis Schlüssel, wenn der wieder vergessen hatte, ihn vor uns in Sicherheit zu bringen. Unser Kinderwagen-Chauffeur hatte viel mit uns zu tun.

Familienausflüge:
Das Auto war oft vollgepackt.

Die weite Welt

Aber nicht nur der Kinderwagen brachte für uns die Möglichkeit, dass wir einmal andere Orte zu Gesicht bekamen als die Wohnung unserer Eltern. Auch Fahrten in Papis Auto verhalfen uns zu neuen Entdeckungen. Das Allerschönste an diesen Ausflugstouren aber war, dass uns manchmal unsere Papas – als wir schon richtig sitzen konnten – nach vorn auf den Schoß nahmen und wir eine

Weile das Lenkrad halten durften. Was heute selbstverständlich ist, konnte man sich damals gar nicht vorstellen: Von Kindersitzen im Auto hatte man zu unserer Zeit noch nichts gehört. Sogar die Anschnallpflicht auf Rücksitzen trat erst in unserem Geburtsjahr in Kraft. Fünf Jahre später musste man 40 Mark Strafe zahlen, wenn man nicht angeschnallt war.

Unser gesamtes Dasein zeichnete sich durch Schlafen, Essen und die Erkundung unserer näheren Umgebung aus. Als in England Margaret Thatcher am 3. Mai 1979 Premierministerin wurde, ging das genauso an uns vorbei wie die Gründung der Grünen am 13. Januar 1980. Dass 30 Staaten am 19. Juli 1980 die olympischen Spiele in Moskau boykottierten, weil im Dezember zuvor sowjetische Truppen in Afghanistan einmarschiert waren, spielte für uns ebenso wenig eine Rolle wie die Tatsache, dass John Lennon, der Kopf der Beatles, am 8. Dezember 1980 auf offener Straße erschossen wurde. Vielleicht fiel aber dem einen oder anderen von uns auf, dass unseren Müttern deswegen an diesem Tag ab und zu eine kleine Träne über die Wange lief, gehörten viele von ihnen doch zu Lennons größten Fans.

Vermutlich horchten wir auch auf, als Deutschland im Juni 1980 in Rom Fußballeuropameister gegen Belgien wurde. Unsere Väter haben wohl am Fernseher einen Jubelschrei losgelassen, den wir bis in unsere Kinderbettchen hören konnten.

Gute Aussichten:
Auf Papis Schultern erkundeten wir die Welt.

1979 – ein prominenter Jahrgang

13. Jan. ***Joko Winterscheidt*** *deutscher Moderator und Schauspieler, bekannt als Teil des TV-Duos „Joko und Klaas“.*

29. Jan. ***Sarah Kuttner*** *deutsche TV-Moderatorin, Autorin und Kolumnistin. Bekannt wurde sie als VIVA-Moderatorin.*

30. März ***Norah Jones*** *US-amerikanische Sängerin. Sie wurde bekannt mit dem Song „Don't Know Why“.*

4. April ***Heath Ledger*** *(† 2007) australischer Schauspieler. Er spielte unter anderem in Filmen wie „Der Patriot“ und „Ritter aus Leidenschaft“ mit.*

13. Mai ***Prinz Karl Philipp von Schweden*** *Sohn von König Carl XVI. Gustaf von Schweden und Königin Silvia.*

10. Juli ***Tobias Unger*** *deutscher Leichtathlet und Olympiateilnehmer. Mit Platz zehn in der 200-Meter-Weltrangliste war er im Jahr 2005 der beste weiße 200-Meter-Läufer.*

8. Sep. ***Pink*** *US-amerikanische Sängerin. Zu ihren Hits gehören „Lady Marmalade“, „Just Like A Pill“ und „Family Portrait“.*

17. Okt. ***Kimi Matias Räikkönen*** *finnischer Rennfahrer in der Formel 1.*

14. Nov. ***Mavie Hörbiger*** *deutsche Schauspielerin. Sie ist bekannt durch Filme wie „Fandango“ oder die Fernsehserie „Arme Millionäre“.*

2. Dez. ***Yvonne Catterfeld*** *deutsche Popsängerin und Schauspielerin, bekannt durch die Serie GZSZ.*

14. Dez. ***Michael Owen*** *englischer Fußballspieler.*

Heath Ledger

Yvonne Catterfeld

Vom **Kaufladen** ab ins **Planschbecken**

Was darf's denn sein? In unserem Kaufladen gab es alles.

Langeweile? Kannten wir nicht!

Endlich war sie da: Die Zeit der tollen Spielzeuge. Wer Glück hatte, der bekam zu Weihnachten oder zum Geburtstag einen Kaufladen. Mit großer Begeisterung verkauften wir dort 50 Kilogramm Holzbirnen für zehn Pfennig und eine Mini-Packung Persil für 2000 Mark. An Regentagen begeisterte uns aber nicht nur der Kaufladen. Auch das Spiel mit den

Chronik

29. Mai 1982
In Paris stirbt die 49-jährige Schauspielerin Romy Schneider. Ihr Leben lang hatte sie darunter gelitten, fast ausschließlich mit der Rolle der Sissi identifiziert zu werden.

1. Oktober 1982
Der CDU-Vorsitzende Helmut Kohl wird mit den Stimmen von Union und FDP zum neuen Bundeskanzler gewählt, nachdem der Bundestag Helmut Schmidt durch ein konstruktives Misstrauensvotum gestürzt hatte.

11. Dezember 1982
Zum letzten Mal tritt die schwedische Erfolgsband ABBA in einer britischen Fernsehsendung auf.

Dezember 1982
Die LP „Thriller“ von Michael Jackson erscheint. Sie bricht im Laufe des Jahres 1983 alle Verkaufsrekorde.

25. April 1983
Das Magazin Stern präsentiert 60 angebliche Hitler-Tagebücher. Schnell erweisen sie sich als Fälschung.

19. Juni 1983
In einer „Feierlichen Deklaration“ erklären die Staats- und Regierungschefs der EG ihren Willen, zu einer Europäischen Union zu gelangen.

1. Juli 1983
Die Mehrwertsteuer wird auf 14 Prozent erhöht.

1. Januar 1984
Zum ersten Mal geht das Kabelfernsehen auf Sendung.

19. Mai 1984
Zur Klärung der „Flick-Affäre“ setzt der Bundestag einen parlamentarischen Untersuchungsausschuss ein. Als Folge davon tritt Bundestagspräsident Rainer Barzel am 25. Oktober zurück, weil im Zusammenhang mit der Flick-Spendenaffäre Vorwürfe gegen ihn erhoben werden. Er soll als Berater eines Anwaltsbüros indirekt vom Flick-Konzern profitiert haben.

23. Mai 1984
Richard von Weizsäcker wird sechster Bundespräsident der Bundesrepublik.

Die große Liebe: Barbie und Ken.

Duplo- und später Legosteinen zog uns manchmal für Stunden in seinen Bann. Doch der Spaß daran hatte ein jähes Ende, wenn eines unserer kleinen Geschwister mit freudigem Glucksen voller Wucht unseren Duplo-Turm vom Teppich fegte. Auch wir kamen auf dumme Gedanken, wenn wir in unseren Zimmern spielten: Einige von uns verstanden nicht, warum sie mit ihren Wachsmal-, Filz- oder Buntstiften auf DINA-4-Blöcken malen sollten, wenn doch ihre Künste auf der Raufaser-Tapete viel besser zur Geltung kamen.

Waren wir lange Zeit mit Holz- und Konstruktionsspielzeug zufrieden gewesen, so holte die Plastik- und Konsumgesellschaft auch uns irgendwann ein. Mädchen sehnten sich danach, eine Barbie zu bekommen. Wer keine Barbie hatte, der besaß zumindest ein paar Exemplare von Mein kleines Pony. Diese Plastikpferdchen gab es mit Glitzermähne und Erdbeerduft und zum Zubehör gehörten

Kämme und Spangen in Pink und Rosa, mit denen die Mädchen Schweif und Mähne bürsteten und frisierten.

Mit Playmobilfiguren bauten wir ganze Städte auf und ließen unserer Fantasie freien Lauf. Wer spendable Eltern oder Verwandte hatte, der besaß sogar das Playmobil-Piratenschiff oder die Ritterburg. Da verwandelte sich das Kinderzimmer zur stürmischen Südsee und wir selbst fühlten uns wie stolze Ritter, denen kein Kampf zu schwer und kein Abenteuer zu unheimlich war.

Überfall: Wir waren einfach umwerfend.

Ära Kohl

Wir waren drei Jahre alt, als der CDU-Politiker Helmut Kohl am 1. Oktober 1982 zum sechsten Kanzler der Bundesrepublik Deutschland gewählt wurde. Er löste damit den SPD-Politiker Helmut Schmidt ab, dem der Bundestag mit einem konstruktiven Misstrauensvotum das Vertrauen entzogen hatte. Von da an begleitete uns der pfälzische Politiker unsere gesamte Jugend.

1987 wurde Kohl bei der Bundestagswahl in seinem Amt bestätigt. Er gewann gegen den nordrhein-westfälischen Ministerpräsidenten und SPD-Politiker Johannes Rau. Als Kohl 1991 zum dritten Mal wiedergewählt wurde und sich somit gegen den damaligen saarländischen Ministerpräsidenten und SPD-Kanzlerkandidaten Oskar Lafontaine durchgesetzt hatte, war das für uns eigentlich nichts Besonderes mehr. Wir hatten uns so an den Kanzler gewöhnt, dass seine Präsenz fast selbstverständlich geworden war. Das ging nicht nur uns so. In Radio- und Fernsehsendungen und in der Presse war Kohl im Laufe seiner Amtszeit ein beliebtes Objekt von Satirikern und Parodisten geworden. Die bekannteste satirische Darstellung stammte vom deutschen Satiremagazin Titanic, das Helmut Kohl birnenförmig, inklusive Stängel karikierte. Die meisten Humoresken hatten Kohls unzureichende Fremdsprachenkenntnisse, seine Leibesfülle und seinen ausgeprägten Pfälzer Akzent zum Inhalt.

1994 wurde Helmut Kohl – nach einer knapp gewonnenen Bundestagswahl – erneut zum Kanzler gewählt. Diesmal setzte er sich gegen den rheinland-pfälzischen Ministerpräsidenten Rudolf Scharping von der SPD durch. Wir waren schon volljährig, als Kohl 1998, nach 16-jähriger Regierungszeit, vom SPD-Politiker Gerhard Schröder abgelöst wurde.

Im Sommer ein Muss:
das Planschbecken.

Eins, zwei, drei im Sauseschritt

Wir waren gern in unseren Kinderzimmern, aber noch viel lieber spielten wir im Freien. Entweder hatten wir selbst einen Garten oder eines unserer Nachbarskinder. Viele von uns waren gut mit Fahrzeugen aller Art ausgerüstet: Wir düsten scharf mit Bobby-Cars um die Kurve und traten voller Energie in die Pedale unseres Kettcars. Beliebt waren auch grüne Plastiktraktoren und gelbe Tretbagger. Richtig begeistert waren wir aber von unseren Rollschuhen. Sie hatten zwei Schienen, vier Rollen und breite, kreisrunde Stopper vor den Zehen.

Kam der Hochsommer, pumpten unsere Eltern endlich unser Planschbecken auf. Mit dem Gartenschlauch wurde es befüllt. Das Wasser war eiskalt, aber wenn wir Glück hatten, schütteten unsere Väter heißes dazu. Mit Anlauf sprangen wir hinein und saßen manchmal zu dritt, viert oder fünft in den orange-blauen runden Becken. Unser Glück war dann perfekt, wenn wir danach ein Eis bekamen. Oft war das ein kleines Mini-Milk, ein ewig tropfendes Calippo oder ein Ed von Schleck.

Volle Fahrt voraus:
Mit unseren Rollschuhen flitzten
wir über die Straßen.

Butterbrote und Laternen

Unser selbst bestimmter Tagesablauf nahm ein jähes Ende, als wir in den Kindergarten kamen. Viele von uns waren darüber begeistert: Hier gab es noch mehr Spielzeug als zu Hause und auch viel mehr Kinder. Außerdem war alles auf uns abgestimmt: Es bedurfte überhaupt keiner Anstrengung mehr, sich auf einen Stuhl zu setzen, gingen die Lehnen doch gerade mal bis zu den Knien unserer Erzieherinnen. Im Bad gab es kleine Waschbecken und Toilettenschüsseln und auf dem Flur hatte jedes Kind seinen eigenen Kleiderhaken. Damit wir den wiederfanden, hatte jeder sein eigenes Symbol: Vom Schmetterling bis zur Torte war alles dabei. Auch unsere Spielgruppen hatten einen Namen: Wir waren entweder in der Eichhörnchen-, Mäuse- oder Marienkäfer-Gruppe. Der Kindergarten war unser kleines Paradies: Auf dem Bauteppich konstruierten wir nach Herzenslust Riesentürme aus Holzklötzen, in der Puppenecke spielten wir Vater-Mutter-Kind und am Tisch konnten wir malen, kneten und puzzeln. Hatte ein Kind Geburtstag, wurde ihm ein Lied vorgesungen und es durfte den ganzen Tag einen selbst gebastelten Kranz aus Krepppapier oder eine Krone auf dem Kopf tragen.

Gemeinsam frühstückten wir an den kleinen Tischen, tranken dabei Kakao, Früchte- und Pfefferminztee aus großen Kannen und aßen unsere Butterbrote. Dort vertieften wir auch unsere Kenntnisse über die christlichen Feier- und Gedenktage. Den Anfang im Jahreskreis machte das Osterfest. Gemeinsam bemalten wir einige Tage zuvor ausgeblasene Eier, die wir dann stolz an unsere Eltern und Großeltern verschenkten. Auch Osterlämmchen wurden gemeinsam gebacken und mithilfe unserer Kindergärtnerinnen säten wir Kressesamen auf Watte aus. Innerhalb von ein paar Tagen war das Wunderkraut schon fingerhoch gewachsen. Daraus entstanden dann kleine grüne Osternester.

Besonders beliebt war im Kindergarten das Sankt-Martin-Fest. In jedem Jahr bastelten wir Laternen, mit denen wir um den 11. November herum in einem langen Zug mit Eltern, Geschwistern und Freunden durch die Dunkelheit zogen.

Im Kindergarten: Unser Freundeskreis wurde immer größer.

Wir 79er hatten fast alle echte Kerzen in unseren Laternen, die elektrischen Leuchtstäbe waren damals noch eine Seltenheit. Begleitet von Posaunen und Trompeten sangen wir während unseres Marsches die Lieder, die wir zuvor mit unseren Erzieherinnen gelernt hatten: „Laterne, Laterne, Sonne, Mond und Sterne …“ oder „Sankt Martin war ein guter Mann …“. Das Martinsfeuer war dann der Höhepunkt des Abends. Mit leuchtenden Augen standen wir im Kreis um die lodernden Flammen und aßen dazu Weckmänner, die auch Stutenkerle hießen. Zur Feier des Tages bekamen wir den Auftrag, das Gebäck mit einem Freund oder mit unseren Geschwistern zu teilen. Ganz wie Sankt Martin es mit seinem Mantel getan hatte.

Warten aufs Christkind

Winterspaß: Mit Freunden tobten wir im Schnee.

Nach St. Martin warteten wir auf den Nikolaus. Uns wurde erzählt, dass er es war, der unsere Stiefel, die wir an der Haustür aufgestellt hatten, mit Mandarinen, Nüssen, Lebkuchen und Schokolade gefüllt hatte. Obwohl wir uns nicht vorstellen konnten, wie es der Nikolaus wohl schaffte, an einem einzigen Tag zu allen Kindern dieser Welt zu reisen, glaubten wir fest an seine Existenz.

Zwar vergingen von Nikolaus bis Weihnachten nur etwas mehr als zwei Wochen, aber das kam uns wie eine Ewigkeit vor. Nur unsere Adventskalender, die unsere Mütter liebevoll befüllt hatten, trösteten uns über die lange Wartezeit hinweg. Jeden Morgen öffneten wir ein Säckchen oder Türchen und freuten uns über Schokolade, einen bunten Stift oder einen schönen Aufkleber.

War der Adventskalender leer, fanden sie ganz schnell Ersatz. Denn Adventszeit hieß auch Plätzchenzeit. Eifrig halfen wir unseren Mamas das Mehl über den ganzen Tisch zu verstreuen, Tannenbäume und Sterne auszustechen, Spitzbuben einen Klecks Marmelade zu verpassen und die dicksten Würste für Vanillekipferl zu formen.

Schon lang vor dem Heiligen Abend hatten wir einen Wunschzettel geschrieben. Wenn der Heilige Abend näher und näher rückte, fieberten wir der Bescherung entgegen. Würde unterm Tannenbaum das heiß ersehnte ferngesteuerte Auto liegen? Hatte das Christkind wirklich daran gedacht, den Puppenwagen auf den Gabentisch zu legen? Bis wir darauf eine Antwort bekamen, mussten wir warten und nochmals warten.

Hinter verschlossenen Türen hörten wir es kurz vor dem 24. Dezember rascheln und manchmal auch poltern – das waren unsere Eltern, die dem Christkind beim Aufstellen des Weihnachtsbaumes halfen. Das erzählten sie uns zumindest. Und wir glaubten ihnen. Wir hielten auch lange Jahre an der Geschichte fest, dass vorwitzigen kleinen Kindern die Nase weggeschnappt wird, wenn sie heimlich durch das Schlüsselloch das Christkind erspähen wollen. Also waren wir fast immer artig. Unsere Eltern versuchten ihr Bestes, uns das Warten aufs Christkind zu verkürzen. Wir bastelten Sterne aus Glanzfolie, bei der die Vorderseiten rot und die Rückseiten golden glänzten. Wir gingen Schlitten fahren und Schneemänner bauen, besuchten den Weihnachtsgottesdienst und sangen Weihnachtslieder. Immer und immer wieder.

Dann, endlich, endlich war es so weit. Wir saßen alle zusammen, als plötzlich von fern ein Glöckchen klingelte. Die seit Tagen geheimnisvoll verschlossene Tür öffnete sich und in der Dunkelheit glänzte und funkelte der duftende Weihnachtsbaum. Darunter türmten sich kleine und große, runde und eckige kunterbunt verpackte Geschenke. Hatten wir uns durch die Papierberge gewühlt, konnten wir uns stunden-, ja tagelang in das Spiel mit den heiß ersehnten Geschenken vertiefen. Besonders über dem frühen Morgen des ersten Weihnachtstages lag immer ein besonderer Zauber: In Nachthemd oder Schlafanzug schlichen wir uns leise ins Wohnzimmer, denn unsere Eltern schliefen noch. Dort setzten wir

Bescherung: Noch glaubten wir an das Christkind.

dann das Spiel vom Heiligen Abend fort. Die Puppen der Mädchen wurden an- und wieder ausgezogen. Die Jungen probierten ihr neues ferngesteuertes Auto aus und als die Eltern dann wach waren, wurde mit der ganzen Familie das neueste Gesellschaftsspiel getestet. Für die Großen gab es Trivial Pursuit und für uns lag Sagaland oder Fang' die Maus unter dem Weihnachtsbaum.

Großer Coup – große Pleite

26. April 1983 – Stichtag eines der größten Presse-Skandale Deutschlands. Das Magazin Stern lädt zu einer internationalen Pressekonferenz. Im Verlagshaus von Gruner und Jahr versammeln sich 15 Fernsehteams und Hunderte Zeitungsreporter. Der Anlass: Hitlers vermeintlich wiedergefundene Tagebücher. Die Medienmaschinerie läuft, der Stern wird in Höchstauflage gedruckt – 25 Prozent mehr als üblich. Der Verlag zahlt 9,3 Millionen Mark Anzahlung für den wiederentdeckten Nachlass.

Die gefälschten Hitler-Tagebücher im Stern.

Die Geschichte des Fundes liegt zunächst im Dunkeln und rankt sich um den Absturz eines der letzten Flugzeuge, die am 22. April 1945 die Reichshauptstadt verließen. Darin sollten Kisten mit persönlichen Hinterlassenschaften Hitlers gewesen sein. Unter anderem die Tagebücher.

Für die Echtheit der mit schwarzer Tinte geschriebenen Aufzeichnungen, mit Reichsadler, Kordel und Hakenkreuz verziert, konnte sich der Stern auf namhafte Historiker berufen, unter ihnen der britische Hitler-Experte Hugh Trevor-Roper. Doch nach erneuten Untersuchungen des Bundesarchivs, des Bundeskriminalamts und des Bundesamtes für Materialprüfung lautete das einhellige Urteil: Fälschung. Einbände, Papier und Klebstoffe enthielten zum Teil Materialien, die vor 1955 gar nicht auf dem Markt waren.

Hinter diesem unglaublichen Coup steckte der Kunstfälscher Konrad Kujau, der dem Hamburger Reporter Gerd Heidemann die Schriften zukommen ließ. Der Stern stoppte den bereits begonnen Abdruck der Tagebücher und musste sich öffentlich entschuldigen. Die Chefredaktion trat zurück. Es dauerte Jahre, bis sich das Magazin von dem Skandal erholt hatte. Fälscher Kujau und Reporter Heidemann kamen vor Gericht, wo beide zu Haftstrafen von mehr als vier Jahren verurteilt wurden.

Kindergeburtstage: für einen Nachmittag im Paradies

Der Höhepunkt unserer Kinderwelt waren die Geburtstage unserer Freunde. Schon Tage vorher waren wir so aufgeregt, dass wir kaum schlafen konnten. Die ersten Geburtstage verbrachten wir mit Spielen wie Topfschlagen, Blindekuh und Häng' dem Esel den Schwanz an. Das Tollste daran: Meist bekam man kleine Preise, wenn man seine Sache gut gemacht hatte. Entweder einen schönen Micky-Maus-Bleistift oder ein Päckchen Maoam. Beim Apfelfischen war Geschick gefragt: In einer großen Schüssel mit Wasser schwammen Apfelschnitze oder sogar ganze Äpfel. Mit den Händen auf dem Rücken mussten wir dann versuchen, die Apfelstücke mit dem Mund zu fangen. Und das war gar nicht einfach. Flutschte doch die gerade erhaschte Beute meist wieder in die Schüssel zurück. Konzentration war beim Mehlschneiden gefordert. Ein Ring oder ein ähnlich kleiner Gegenstand wurde auf einen fest gepressten Mehlhügel gelegt. Nach der Reihe schnitten wir dann immer eine Scheibe des weißen Turmes ab. Bei wem der Ring herunterfiel – der hatte verloren. Der absolute Renner bei uns 79ern aber war das Spiel Mütze-Handschuh-Schal. Eine Tafel Schokolade wurde fest in mehrere Lagen Papier eingepackt und wir bekamen Messer und Gabel in die Hand. Reihum würfelten wir. Wer eine Sechs hatte, der zog sich in unglaublicher Geschwindigkeit, Mütze, Handschuhe und Schal an und begann dann mit

Topfschlagen:
Wer darf anfangen?

Messer und Gabel die Schokolade zunächst auszupacken und anschließend zu essen. Währenddessen würfelten die anderen schnell und unter lautem Geschrei reihum weiter. Wenn der nächste eine Sechs gewürfelt hatte, musste die ganze Ausrüstung an dieses Kind weitergegeben werden. Unübertroffen waren bei diesen Anlässen aber die Kaffeetafel und der Abendbrottisch. Wir 79er aßen bei Kindergeburtstagen vom Marmorkuchen über Windbeutel bis zum Schokoladenfondue einfach alles, was möglichst süß war. Besonders beliebt war der Kalte Hund, auch Kalte Schnauze genannt. In liebevoller Feinarbeit hatten unsere Mütter dafür in einer Kastenform Butterkekse abwechselnd mit flüssiger Schokolade geschichtet und das Ganze dann im Kühlschrank erkalten lassen. Dazu gab es Kakao, Saft und bei manchen von uns sogar Cola und Fanta – die gab's damals noch in dunkelbraunen Glasflaschen. Zum Abendessen servierten die Mütter uns Pommes Frites mit ganz viel Ketchup, Bockwürstchen mit Senf aus Gläsern, auf denen Asterix und Obelix oder die Biene Maja und ihr Willi abgebildet waren, Frikadellen und Kartoffelsalat – der Fantasie unserer Mütter waren dabei keine Grenzen gesetzt. Unserer auch nicht. Spielten wir doch auch noch während des Essens. Das Stopp-Essen ging so lange, bis die Pommes labberig und die Würstchen kalt waren. Wenn wir dann abends von unseren Eltern abgeholt wurden, waren wir meist so müde und satt, dass wir nur noch in unser Bett fielen.

Kleine Personen auf großer Fahrt

Als wir drei, vier und fünf Jahre alt waren, verreisten wir 79er nur in Ausnahmefällen in weit entfernte Länder. Die meisten von uns verbrachten ihre Ferien an der Nord- oder Ostsee oder in den Bergregionen von Deutschland, Österreich und Schweiz. Sehenswürdigkeiten waren für uns in dieser Zeit kaum interessant. Wirklich wichtig waren uns Meer, Sand, Schnee und ein Berg zum Klettern.

Während der Autofahrt in den Urlaub packte unsere Eltern schon nach kurzer Zeit ein tiefes Gefühl der Verzweiflung: „Wann sind wir endlich da?“, „Ich muss mal!“ und „Ich hab' solchen Durst.“ – Sätze wie diese bereiteten Mama und Papa schon mal auf einen erholsamen Urlaub vor …

Hatten wir im Inneren des Autos alles erkundet, wandten wir uns den anderen Autofahrern zu. Wir rieten anhand der Kennzeichen, aus welchen Städten sie kamen und mit Winken und Grimassenschneiderei gingen weitere fünf Minuten vorbei. Beliebt waren auch handgroße Magnet-Reisespiele wie Mensch-ärgere-dich-nicht und Mühle.

Verbrachten wir unseren Sommerurlaub an der Nord- oder Ostsee (entweder in Deutschland, Dänemark, Holland oder Belgien) dann waren Eimer, Schippe, Sieb und Förmchen unsere wichtigste Ausrüstung. Gemeinsam mit unseren Vätern bauten wir grandiose Burgen, die wir mit Muscheln und Seetang verzierten. Oder wir gruben so lang ein tiefes Loch, bis wir auf Wasser stießen. Beliebt war auch das Spiel: Ich buddele mein Geschwisterchen ein, sodass es nur noch mit dem Kopf aus dem Sand schaut. Gingen wir ins Wasser, waren wir mit unseren orangefarbenen Schwimmflügeln ausgestattet. An den Füßen trugen wir Plastik-Sandalen, die fest verschlossen waren. Damit das Familien-idyll auch bloß nicht in Vergessenheit geriet, hielten unsere Eltern alle Urlaubserlebnisse mit ihrer Super-8-Kamera fest. Die Filme guckten wir uns dann zu Hause im verdunkelten Wohnzimmer auf einer großen Leinwand an. Bei der Vorführung waren es nur die großen Filmspulen, die ein schnarrendes Geräusch von sich gaben. Für Schnappschüsse gab es kleine Fotoapparate, die noch keinen integrierten Blitz hatten. Austauschbare Einwegblitze in Würfelform erhellten dunklere Bildmotive.

Die große Ausnahme: Im Urlaub gab es schon mal etwas Besonderes.

Sonne, Sand und Strandkörbe:
Unsere Urlaube waren voller Abenteuer.

Nicht nur am Strand, auch in den Bergen fühlten sich viele von uns wohl. Auch hier konnten wir schwimmen – meist in klaren, kühlen Bergseen. Ab und zu besichtigten wir in solchen Urlauben ein Schloss, eine Burg oder an Regentagen auch mal ein Museum. Aber daran konnten wir uns schon bald kaum mehr erinnern. Denn auf den Almwiesen war es viel spannender: Dort konnten wir uns nach aller Herzenslust austoben, auf riesige Felsbrocken klettern oder in Gebirgsbächen mit Geschwistern und unseren Papas Staudämme bauen.

Einige von uns verbrachten auch Urlaube im Schnee. Zum ersten Mal im Leben standen viele von uns im Alter von drei bis fünf auf kleinen Skiern. Angestrengt kraxelten wir damit in der Ski-Schule die kleinen Hügel hoch, die uns damals unsagbar hoch erschienen. Wir 79er kannten noch keine Sturzhelme. Völlig angstfrei bretterten wir im Schuss die sogenannten Idioten-Hügel hinunter, ohne uns Sorgen darüber zu machen, dass wir vielleicht hinfallen könnten.

Die Eroberung von Pausenhof und **Fernbedienung**

Schule lohnte sich:
Eine ganze Tüte nur für uns.

I-Dötzchen

„Freust du dich denn schon?" – so wurden wir von Tante und Onkel, beim Bäcker und auch von unserer Kindergärtnerin gefragt. Die Erwartungen an den ersten Schultag waren groß. Genau wie unsere neuen Schulranzen. Die waren unser ganzer Stolz, vor allem mit passendem Turnbeutel und Mäppchen. Als wir 79er kurz

Chronik

7. Juli 1985
Boris Becker siegt im Alter von 17 Jahren als bisher jüngster Tennisspieler beim bedeutendsten Tennisturnier der Welt in Wimbledon mit 3:1 Sätzen im Finale gegen den Südafrikaner Kevin Curren.

2. Oktober 1985
Der amerikanische Schauspieler Rock Hudson stirbt an Aids. In den folgenden Monaten werden die Themen Aids und präventive Maßnahmen auch in den Medien der Bundesrepublik viel diskutiert.

28. Januar 1986
Die US-Raumfähre Challenger explodiert 73 Sekunden nach dem Start in 17 Kilometer Höhe. Alle sieben Astronauten sterben.

26. April 1986
In der Ukraine explodiert das Atomkraftwerk von Tschernobyl. Als Folge davon werden für radioaktiv belastete landwirtschaftliche Produkte Vernichtungsaktionen in Deutschland angeordnet. Außerdem richtet die Bundesregierung ein Bundesumweltministerium ein.

17. Juli 1987
In der DDR wird die Todesstrafe offiziell abgeschafft.

16. August 1987
Steffi Graf wird als 18-Jährige Weltranglisten-Erste im Tennis bei den French Open in Paris.

11. Oktober 1987
CDU-Politiker Uwe Barschel wird tot in einem Genfer Hotelzimmer gefunden. Hintergrund ist der Skandal um eine Spitzelaktion gegen den SPD-Politiker Björn Engholm, der ihn von seiner Position als schleswig-holsteinischen Ministerpräsidenten zurücktreten ließ.

28. August 1988
Über der Airbase Ramstein in Rheinland-Pfalz stürzen drei Düsenjäger während eine Flugschau der italienischen Kunstflugstaffel Frecce Tricolori ab. Dabei sterben 70 Menschen, 345 werden verletzt.

8. November 1988
Der Republikaner George Bush wird zum Präsidenten der Vereinigten Staaten gewählt.

Die Brezeln zur Einschulung waren fast so groß wie wir selbst.

vor der Einschulung standen, durften wir unsere Ranzen für einen Tag mit in den Kindergarten bringen, um ihn den anderen zu präsentieren und um zu zeigen, dass wir jetzt richtige Schulkinder waren. Hatten wir bis zu diesem Tag noch kein Bedürfnis nach Markenware gehabt, so war es nun um uns geschehen. Wir Schulkinder teilten uns schnell in zwei Lager: Die einen hatten Ranzen von Scout, die anderen welche von der Marke Amigo. Aus bis noch heute ungeklärten Gründen bekamen die Scout-Kinder ein beträchtliches Maß mehr Anerkennung für ihre neue Plastik-Schultasche als die Amigo-Kinder. Vielleicht lag das einfach daran, dass sich nur am Henkel des Scout-Ranzens eine integrierte Waage befand, die beim Anheben zeigte, ob das Gewicht zu schwer für unsere kleinen Rücken war.

Der Abschied vom Kindergarten fiel schwer, aber wir freuten uns darauf, endlich unsere neuen Bunt- und Filzstifte, unser Lineal und die neuen Bücher und Hefte zu benutzen, die in unserem Ranzen auf den ersten Schultag warteten. Das musste ja wirklich ein besonderer Tag sein: Einige von uns wachten morgens auf und wunderten sich, dass die Väter gar nicht zur Arbeit gegangen waren. Viele von ihnen hatten sich extra für uns freigenommen. Auch viele Großeltern kamen mit uns. Nicht selten war es auch unsere Großmutter, die uns die heiß ersehnte Schultüte schenkte. Was da alles zum Vorschein kam – ein Wasserfarbkasten, Schokolade, eine Kassette, ein Buch – so übel konnte Schule wohl nicht sein, dachten wir. Als wir dann auf dem Pausenhof in unsere Klassen aufgeteilt wurden, waren wir doch heilfroh, dass da einige Freunde aus dem Kindergarten auf uns warteten, mit denen wir uns Hand in Hand vor den Klassenzimmern aufreihen konnten.

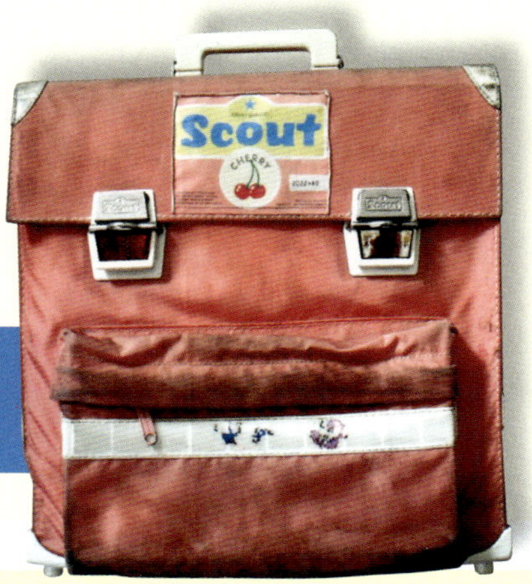

Große Pause

Kaum eingeschult, erklärten wir 79er den Pausenhof zu unserem neuen Revier. Möglichst schnell aßen wir unsere Pausenbrote auf, damit wir noch genug Zeit für die wirklich wichtigen Dinge im Leben hatten. Im Kindergarten war es zwar schön gewesen, aber nun lernten viele von uns ganz neue Spiele kennen, die schon zu Zeiten unserer Eltern und Großeltern auf dem Schulhof ihren Platz hatten: Wir warfen kleine Steinchen in Hüpfkästchen und sprangen hinterher. Beim Gummitwist fielen uns die halsbrecherischsten Figuren ein und bei Fangspielen kannten wir keine Gnade. Am beliebtesten war das Fangspiel „Jungs die Mädchen“, bei dem es nicht nur um Schnelligkeit ging, sondern auch um geschlechtsspezifischen Zusammenhalt. Fanden doch damals die Mädchen die Jungen noch „kindisch und dumm“ und die Jungen die Mädchen „zickig und langweilig“. Die Mädchen verbrachten auch ganze Pausen damit, sich gegenseitig, mal parallel, mal überkreuz, in die Hände zu klatschen und im Rhythmus lange, meist lustige oder völlig sinnfreie Reime aufzusagen, wie „Der Holzhacker Amadeus, das war ein lust'ger Mann, der zog sich mit der Kneifzang' seine Unterhose an!“ oder „Em-pom-pie, Kolonie, Kolonastig, Em-pom-pie …“.

Das Springseil war auch in unserer Generation nicht aus der Mode gekommen. Es war eine große Herausforderung, über das Seil zu springen – vorwärts, rückwärts, über Kreuz – ohne es zu berühren und ohne hängen zu bleiben. Zu derart feinmotorischen Bewegungen hatten die Jungen keine Lust. Sie nutzten ihre Pause, um mit dem einen oder anderen Gegenstand Fußball zu spielen. Darunter waren kleine Tetra-Packs oder Getränkedosen, die sie schnell vorher ausgetrunken hatten. Nicht selten wurden auch die neuen Turnbeutel benutzt.

Auto-, Flugzeug-, Motorrad-, Schiffs- und Lasterquartett war außerdem eine typische Jungen-Beschäftigung. Größere Schnelligkeit, mehr Gewicht, mehr Hubraum – auf diese Werte kam es bei diesem Spiel an. Das Ziel: Die Jungen kämpften darum, möglichst alle vier Karten einer Gruppe zu ergattern, um zu gewinnen.

Die Pause verbrachten wir auch mit dem Tauschen von gesammelten Aufklebern und Bildchen aller möglichen Art. Mit großer Wichtigkeit tauschten die Jungen kleine Porträts von Fußballstars und klebten sie anschließend in ihre Panini-Alben. Dabei ging es nicht nur um die deutsche Nationalmannschaft. Das Jahr unserer Einschulung war auch das Jahr der Fußballweltmeisterschaft in Mexiko. Weil da Argentinien gegen Deutschland im Finale gewann, war neben den Bildern von Rudi Völler, Andi Brehme, Klaus Augenthaler, Pierre Littbarski und Lothar Matthäus auch der Aufkleber mit dem Gesicht Diego Maradonas eine begehrte und deshalb seltene Ware.

Die Mädchen ihrerseits sammelten in ihren Alben bunte Aufkleber, auf denen Tiere und Blumen zu sehen waren. Ob Fußballbilder oder Aufkleber: Wir alle waren sammel- und tauschwütig. In den Pausen wechselten auch unsere Poesiealben ihre Besitzer. Wir hofften darauf, dass einem unserer Mitschüler etwas Einfallsreicheres einfiel, als die immer wieder gern gewählten Sprüche: „Lebe glücklich, lebe froh, wie der Mops im Haferstroh." Oder „In allen vier Ecken soll Liebe drin stecken."

Viel zu kurz erschienen uns die Pausen und schon mussten wir uns in Zweierreihen aufstellen, wenn die Glocke läutete, um wieder in die Klasse zu gehen. Vorher tranken wir aber noch schnell unsere Schoko-, Vanille- oder Erdbeermilch leer. Die hatte uns der Hausmeister in der Pause für 30 Pfennig verkauft.

Erinnerung für's Leben: In Freundschaftsbüchern verewigten sich unsere Mitschüler.

Aufgepasst: Wir lernten immer neue Wörter.

Von der Qual mit Wort und Zahl

Im Klassenzimmer lernten wir, wie anstrengend es war, still zu sitzen. Und nicht nur das: Die Schönschrift verlangte höchste Konzentration. Mussten doch die Unter- und Oberlängen der Buchstaben genau in „Keller" und „Speicher" der Linien passen. „Uli" und „Ina" waren die ersten Namen, die wir schreiben konnten. Relativ früh teilte sich die Klasse in Schüler, die lieber rechneten als zu schreiben und in die, die nicht wussten, wozu sie das Rechnen überhaupt brauchten. Wenn wir drei Äpfel und vier Birnen addieren sollten, ergab das nicht bei allen die Zahl sieben. Viele von uns taten sich mit „Plus", „Minus", „Mal" und „Geteilt durch" schwerer als mit den „Wie-" und „Tu-Worten".

Wenn wir unsere Hausaufgaben am nächsten Tag besonders ordentlich in die Schule brachten, wurden wir mit lustigen Stempeln in unseren kleinen DIN-A-5-Heften belohnt. Fiel unsere Leistung schwächer aus, zierte schon mal ein trauriges Smiley-Gesicht den Heftrand.

Für 50 Pfennig bitte!

Auf dem Weg von der Schule nach Hause gab es so einiges zu entdecken: Schneckenhäuser, bunte Blumen, heruntergefallene Kastanien, Eicheln und Bucheckern. Während die Mütter zu Hause mit dem warmen Mittagessen warteten, machten viele von uns noch einen kurzen Abstecher zum Kiosk, der auf dem Heimweg lag. In weiße Papiertüten packte der Verkäufer dort alles hinein, was unser Herz begehrte, beziehungsweise das, was unsere kleinen Scout-Brustbeutel sich leisten konnten. Da gab es weiße Mäuse aus Schaumgummi, Weingummi-Schnuller und saure Zungen für zehn Pfennig, kleine

Lakritzbrezeln mit Zucker und Esspapier schon für fünf. Die Schleckmuscheln aus Plastik mit einer süßen Bonbon-Füllung schoben wir uns gleich quer in den Mund. Mit 50 Pfennig konnten wir da schon eine ganze Menge kaufen. Die Pausenbrote gammelten währenddessen manchmal tagelang vergessen in unseren Schulranzen vor sich hin.

Badespaß: Oft saßen wir zu mehreren in der Wanne.

Die Qual der Wahl

Zu Hause angekommen mussten wir nach dem Mittagessen Hausaufgaben machen. Meist geschah das am Küchentisch. Dort standen wir auch unter besserer Aufsicht unserer Mütter, die dabei ihre Arbeiten erledigten.

Fußball, Ballett, Musikunterricht: So sah unser Freizeitprogramm am Nachmittag aus. Das reichte uns, bis wir in einem unbeobachteten Moment die Kinderstunde oder das Ferienprogramm im öffentlich-rechtlichen Fernsehen entdeckten. Da fieberten wir mit, wenn Gargamel Papa-Schlumpf jagte und Maus Jerry vor Kater Tom floh. Wir wollten wissen, ob Pumuckl sich noch rechtzeitig unsichtbar machen konnte und ob Pippi Langstrumpf wirklich ganz allein in einer so großen Villa wohnen durfte. Unsere Eltern sahen es allerdings lieber, wenn wir mit den Nachbarskindern im Garten auf Bäume kletterten. Da vergaßen wir schnell das Fernsehprogramm. Reizvoller als Pumuckl und Papa Schlumpf war dann für viele Jungen das Schnitzen. Bewaffnet mit einem kleinen Schweizer Taschenmesser oder einer Attrappe bearbeiteten sie kleine und große Stöcke, die sie von den Bäumen abbrachen. Entweder wurden daraus Pfeil und Bogen oder es ging nur um das Schnitzen an sich.

Der Traum aller Jungen aber waren im Grundschulalter BMX-Räder. Am besten leuchtend gelb oder rot lackiert. Wer eines besaß, wurde von den Kumpels beneidet und von den Mädchen insgeheim angehimmelt. Im Sommer durften wir länger mit unseren Freunden draußen bleiben. Wenn wir Glück hatten, spielten unsere Väter vor dem Schlafen noch eine Runde Verstecken mit uns im Garten.

Aber auch die Winter hatten etwas für sich: Wir 79er erlebten noch richtigen Schnee, der ein paar Tage liegen blieb und mit dem wir herrliche Schneemänner bauten. Auch hier erwachte wieder das kindliche Gemüt unserer Papas und vor allen Dingen ihr seifenkistenerprobter Ehrgeiz: Geduldig zeigten sie uns am schneebedeckten Hang, wie wir unsere Schlitten am besten in die Kurve legen sollten und die Kufen mit Kerzenstummeln wachsen mussten, damit wir schneller als unsere Nachbarskinder fuhren. Kamen wir dann nach Hause, wurden wir kurzerhand in die Badewanne gesetzt. Zumindest störten sich unsere Mütter nicht an unseren dreckigen und nassen Hosen, die wir regelmäßig von draußen mit nach Hause brachten. Denn wir waren wenigstens „an der frischen Luft" gewesen und hatten abends „schöne rote Bäckchen". Außerdem wurden wir so schneller müde und schliefen eher ein – dachten unsere Eltern. Denn entweder spielten wir noch mit bunten Flummis, die wir mittags am Kaugummiautomaten um die Ecke für zehn Pfennig gezogen hatten, oder lasen heimlich unter der Bettdecke.

Der Stolz aller Jungen: das BMX-Rad.

Deutschland im Tennisfieber

Spiel, Satz, Sieg: Als Boris Becker am 7. Juli 1985 17-jährig als bisher jüngster Spieler den hochkarätigen Wimbledon-Titel in England (mit 3:1 Sätzen gegen den Amerikaner Kevin Curren) errang, hatte es Deutschland erreicht – das Tennisfieber. Den Höhepunkt seiner Tenniskarriere erreichte Becker dann 1989, als er unter anderem die US Open gewann, seinen dritten Wimbledon-Sieg feierte, zum ersten von vier Malen zum Sportler des Jahres gekürt wurde und es dem Doppel Boris Becker und Carl-Uwe Steeb zu verdanken war, dass Deutschland zum zweiten Mal in Folge Daviscup-Gewinner wurde. Aber nicht nur Boris Becker war der Grund für die deutsche Tennis-Begeisterung.

Etwa zu der Zeit begann auch der phänomenale Aufstieg von Steffi Graf. Am 17. August 1987 löste sie Martina Navratilova als Weltranglistenerste ab. Insgesamt 377 Wochen war sie die Nummer eins, länger als bis dahin je ein anderer Spieler. Das Jahr 1988 wurde zu Steffis bester Saison: Sie siegte in Melbourne, Paris, Wimbledon und bei den US Open und errang die Goldmedaille bei den Olympischen Spielen in Seoul. So errang sie als erste Spielerin der Geschichte den Golden Slam, den Gewinn aller vier Grand-Slam-Turniere, und die olympische Goldmedaille innerhalb eines Kalenderjahres. Boris Becker und Steffi Graf holten dank ihrer Popularität und ihrer sportlichen Erfolge den Tennissport in Deutschland aus seinem Nischendasein und machten ihn für (fast) jedermann populär.

Leseratten

Oft konnten wir uns einfach nicht von der Fantasiewelt trennen, in die wir kurz vor dem Einschlafen entführt worden waren. Viel zu spannend fanden wir zum Beispiel die Geschichte von Ottfried Preußlers kleiner Hexe und ihrem Raben Abraxas, die gemeinsam in einem windschiefen Häuschen wohnten. Auch die Abenteuer von Jim Knopf, Lukas dem Lokomotivführer und der Wilden 13 ließen unsere Herzen höherschlagen. Wie sehr wünschten wir uns damals, einmal auf die Insel Lummerland zu fahren, um König Alfons den Viertel-vor-Zwölften und die Lokomotiven Emma und Molly zu begrüßen. Michael Endes Fantasiegeschichten trugen uns für ein paar Kapitel in eine andere Welt. In den Regalen von uns 79ern standen außerdem viele Bücher von Astrid Lindgren. Gut konnten sich die Jungen in Michel aus Lönneberga hineinversetzen, der so viel Unfug anrichtete, dass seine Eltern sich oft fragten, ob aus ihm überhaupt

jemals etwas Vernünftiges werden könne. Auch die Kinder aus Bullerbü spielten einander Streiche. Aber gemeinsam erlebten sie auch viele schöne Dinge und wir fieberten so oft mit ihnen, dass wir tatsächlich manchmal glaubten, es gebe Bullerbü wirklich und wir könnten vielleicht einmal die Ferien gemeinsam mit Ole, Lasse, Bosse, Inga, Britta und Lisa auf einem ihrer Höfe verbringen. Nicht zu übertrumpfen waren allerdings die Geschichten von Pippilotta Viktualia Rollgardina Pfefferminza Efraims Tochter Langstrumpf. Dass ein Mädchen allein in einer Villa leben durfte, machte, was es wollte, und zudem noch so stark war, dass es ein Pferd allein tragen konnte – das war der Traum aller Kinder.

Die hatte jeder:
Bücher von Astrid Lindgren.

Töörrööö!

Fast in jedem Kinderzimmer vorhanden und von uns allen sehr geliebt waren Kassettenrekorder. Die Geschichten aus unseren Büchern besaßen wir auch oft in vertonter Fassung. Auch hier stimmte unser Geschmack nicht immer mit dem unserer Eltern überein. Während die pädagogisch wertvollen Geschichten von Ottfried Preußler wie „Der kleine Wassermann“ oder Michael Endes „Momo“ bei ihnen ein wohlwollendes Lächeln hervorriefen, war es schwer, sie davon zu überzeugen, dass auch die Kassetten-Geschichten von der Hexe Bibi Blocksberg etwas für sich hatten. Mit einem laut pfeifenden Geräusch flogen nämlich Bibi und Mutter Barbara auf ihren Besen Kartoffelbrei und Baldrian durch die Lüfte. Besonders das feine Gehör unserer Mütter litt sehr unter diesem Ton. Dass wir mitunter über 20 Folgen dieser Kassetten – sorgfältig aufbewahrt in kleinen Kassettenkoffern – in unserem Besitz hatten, machte die Sache nicht besser.

Angenehmer, zumindest von der Tonlage, waren eher die Geschichten von Elefant Benjamin Blümchen und seinem Freund Otto. Laut wurde es da nur, wenn Karla Kolumna, die rasende Reporterin, mit hysterischem Lachen schrie: „Böönjamin, was haben Sie denn nuuun wieder vor? Ahaha ahahaha!“

Ohrwürmer: Mit unseren Kassetten reisten wir in Fantasiewelten.

Tschernobyl

Am 26. April 1986 ereignete sich im sowjetischen Atomkraftwerk Tschernobyl eine Katastrophe enormen Ausmaßes: Eine Wasserstoffexplosion zerstörte das Reaktorgehäuse, wodurch die Brennstäbe schmolzen und Radioaktivität in die Umwelt entwich. Man sprach damals von einem Super-GAU, dem größten anzunehmenden Unfall. Durch Bedienungsfehler und Konstruktionsmängel war er zustande gekommen. Das Gefährliche daran war, dass eine große Menge radioaktiver Materie in die Luft geschleudert wurde, die für den Menschen in höchstem Maße gesundheitsschädigend war. Sie verteilte sich hauptsächlich über der Region nordöstlich von Tschernobyl, aber auch über Europa.

Die Folgen bekamen wir sehr deutlich zu spüren: Plötzlich durften wir nicht mehr im Sandkasten spielen, weil die radioaktive Materie in Form von saurem Regen unsere Natur und alles, was davon benetzt wurde, gefährlich machte. Deshalb war auch das Wasser in unseren Regentonnen und das Obst und Gemüse unserer Gärten für uns alle tabu. Pilze und Wild aus den Wäldern sollten gemieden werden und sogar Milch war ein Risikofaktor.

Helau und Alaaf: Wir verwandelten uns in Clowns, Piraten und Indianer.

Tief Luft holen: Hoffentlich geht unser Wunsch in Erfüllung.

Der Fantasie keine Grenzen …

Schon im Kindergarten hatten wir Karneval, Fastnacht und Fasching gefeiert. Das wurde auch im Grundschulalter weiter zelebriert. Die närrische Zeit war für viele von uns ein großes Fest. Allerdings war das Verkleiden eine Beschäftigung, der wir uns mit großer Vorliebe auch neben der fünften Jahreszeit hingaben. Damit fiel es uns noch leichter, in andere Rollen zu schlüpfen. Während Jungen sich am liebsten als Cowboy und Indianer verkleideten, waren bei den Mädchen Schuhe, Kleidung und Schminke der Mutter besonders beliebt. Auf hochhackigen Fersen holperten die weiblichen 79er damals durch die Wohnung und spielten, dass sie feine Damen und Prinzessinnen wären. In den Tiefen der Kleiderschränke der Eltern fanden sich immer neue, tolle Verkleidungen. Das lange Abendkleid von Mama, das übergroße Hemd oder der Sakko von Papa. Dazu noch ein alter Filzhut, und die Verwandlung war komplett. Auch bei Kindergeburtstagen kamen Verkleidungsspiele bei uns 79ern immer gut an. Unsere Eltern füllten einen ganzen Sack mit allem, was Speicher, Keller und Kleiderschrank hergaben: alte Krawatten, Hüte, Mäntel, Kleider und Brillen, die wir uns unter Lachen und Johlen gegenseitig aussuchten und anzogen.

Kraftprotz: So stark wie He-Man wollten viele Jungen sein.

79er zappen

Es waren Helden im Teenageralter, die in zahlreichen Fernsehserien über unsere Bildschirme flimmerten und uns in ihre Welt abtauchen ließen. Meistens liefen die Mehrteiler zwischen Weihnachten und Neujahr. Zu diesen Zeiten versammelte sich die ganze Familie, um die Abenteuerstoffe mitzuverfolgen. Dabei waren Timm Thaler mit seinem verlorenen Lachen, Silas, Jack Holborn und Annemarie Braun aus der Geschichte vom Nesthäkchen. Auch bei Patrik Pacard und Nonni und Manni fieberten wir mit. Nach den Folgen über die mutige und ehrgeizige Ballerina Anna brach in Deutschland ein regelrechtes Ballettfieber aus.

Anna: Die Serienfigur tanzte sich in die Mädchenherzen.

Ständige Begleiter: Die Puppen aus der Sesamstraße und der Muppet Show.

Treue Begleiter unserer Kindheit waren auch die Streitereien von Ernie und Bert. Mit Graf Zahl lernten wir zählen, mit Maus, Elefant und Christoph im grünen Pullover erfuhren wir, wie die Streifen in die Zahnpasta kommen und fragten uns, wie es Kermit nur mit Miss Piggy aushalten konnte.

Gegen Mitte, Ende der 1980er setzte sich dann das Privatfernsehen in immer mehr Haushalten durch. Beim Zappen stießen wir in den folgenden Jahren auf das Glücksrad und Das A-Team, 21 Jump Street, Twin Peaks, Ein Colt für alle Fälle, die Mini Play Back Show, Meine kleine Farm und Die Waltons.

Unvergessen sind auch die großen und kleinen Spiel- und Rateshows. In den öffentlich-rechtlichen Programmen bescherten sie uns unvergessliche Momente. „Das war spitze!" – Hans Rosenthal rief uns das, begleitet von einem energiegeladenen Sprung, in Dalli Dalli zu. Einer gewann schließlich immer bei Hans-Joachim Kulenkampff und wir rieten nicht nur bei Was bin ich? mit, sondern auch bei Siggi Harreis und ihren Montagsmalern – ja, spielten sogar selbst unzählige Male das Spiel zu Hause nach – und kannten Michael Schanze aus 1, 2, oder 3 und Flitterabend. Da erfuhren wir: „Verlieren ist für Euch nicht bitter, denn hier kommt unser Bobby Flitter!"

Können, Wollen, Dürfen

Die hinteren Reihen gehörten uns.

Aus Groß mach Klein

In der vierten Klasse waren wir die Platzhirsche auf dem Grundschulhof. Wir waren die Ältesten, sagten den Kleinen, wo's langging. Im letzten Jahr unserer Grundschulzeit kannten wir jeden Winkel des Geländes, alle Lehrer und Mitschüler. Die Positionen waren klar abgesteckt und Grüppchen hatten sich gebildet. Das merkte man auch im Schulbus: Wir 79er hatten uns nach und nach die begehrten hinteren Sitzreihen gesichert. Und auch bei den Bundesjugendspielen im Sommer hatten wir die Nase weit vorn: Durch die weitesten Sprünge und die

Chronik

2. Mai 1989
DDR-Bürger dürfen über die ungarischen Grenzen nach Österreich ausreisen.

4. Juni 1989
Die monatelangen Studentenproteste auf dem Platz des himmlischen Friedens in China werden von der Regierung blutig niedergeschlagen. Das Massaker fordert mehr als 3000 Menschenleben.

9. November 1989
Die Mauer fällt.

11. Februar 1990
Nach 27 Jahren Haft wird Nelson Mandela, Symbolfigur des südafrikanischen Kampfes gegen die Apartheid, frei gelassen.

13. Juni 1990
Die Berliner Mauer wird endgültig abgerissen. Am 3. Oktober ist Deutschland wiedervereinigt.

8. Juli 1990
In Rom gewinnt die deutsche Fußball-Nationalmannschaft unter Trainer Franz Beckenbauer die Weltmeisterschaft gegen Argentinien mit 1:0.

17. Januar 1991
Nachdem irakische Truppen am 2. August 1990 in den Kuwait einmarschiert sind, startet eine multinationale UN-Streitmacht die „Operation Wüstensturm“ und zwingt den Irak zum Abzug.

12. Juni 1991
Der erste vom russischen Volk gewählte Präsident wird Boris Jelzin.

20. Juni 1991
Der Bundestag beschließt, seinen Regierungssitz von Bonn nach Berlin zu verlegen.

7. Februar 1992
Die Mitgliedsstaaten unterzeichnen in Maastricht den Vertrag über die Europäische Union. Bis heute gelten die darin formulierten politischen Grundlagen und Ziele.

14. Juni 1992
Die Konferenz der Vereinten Nationen über Umwelt und Entwicklung findet in Rio de Janeiro statt. Sie ist die erste größere internationale Konferenz, die Umweltfragen in einem globalen Rahmen diskutiert.

Sportsgeist: Bei den Bundesjugendspielen gewannen wir Sieger- und Ehrenurkunden.

schnellsten 800-Meter-Läufe heimsten wir Ehren- und Siegerurkunden ein.

Das Beste aber war: Wir durften das erste Mal zusammen mit unseren Freunden und Mitschülern ein paar Tage verreisen. Die Abschlussfahrt stand vor der Tür. Alles war aufregend: Die gemeinsame Busfahrt, die Belegung der Zimmer und der Etagenbetten in der Jugendherberge und die Erkundung der Umgebung. Hatten wir ein Zimmer in Beschlag genommen, breiteten wir auf dem Tisch alle Vorräte aus, die unsere besorgten Mütter uns mitgegeben hatten: Neben Saftflaschen stapelten sich Packungen mit Salzstangen, Butterkeksen und Prinzenrolle. Auch Tüten mit Mars- und Bounty-Riegeln und mit Raider, das erst später in Twix umbenannt wurde („sonst änderte sich nix“), lagen dabei. Tagsüber besuchten wir ein Museum, die nächstgelegene Stadt, und bei der obligatorischen Nachtwanderung fühlten wir uns wie richtige Abenteurer.

Gute Taten: Als die Heiligen drei Könige sammelten wir Spenden.

Mit dem Abgangszeugnis der Viertklässler neigte sich die Grundschulzeit dem Ende zu. Dann war es so weit. Die weiterführende Schule wartete auf uns. Oder auch nicht, wie wir bald feststellten. Denn egal, ob wir auf die Haupt- oder Realschule oder auf das Gymnasium gingen: Überall waren wir die Kleinsten! Also wieder von vorn anfangen. Keiner scherte sich um uns. Auf den Pausenhöfen regierten die Schüler aus den höheren Klassen, hingen hinter Mauern oder auf den Toiletten herum, rauchten und saßen ziemlich lässig auf ihren Mofas und Mopeds.

Viele neue Mitschüler, Lehrer und Fächer lernten wir nun kennen. Schreiben hieß jetzt Deutsch und Rechnen plötzlich Mathematik. Die erste Fremdsprache, oftmals Englisch oder Französisch, mit unzähligen neuen Grammatikregeln und Vokabeln stand auf dem Stundenplan. Erdkunde, Bildende Kunst, Chemie, Biologie und Physik begleiteten uns fortan. Wir kamen uns plötzlich gar nicht mehr so groß vor. Neu war auch, dass wir jetzt auch jeden zweiten Samstagvormittag Unterricht hatten. Diese Regelung wurde allerdings im Laufe unserer Schulzeit abgeschafft.

Chips, Cola, Kekse: In der Jugendherberge mangelte es uns an nichts.

Modischer Durchblick:
Mecki, Riesenbrille, Mickey-Mouse-Pullover.

In & Out

Neonfarben – die waren Ende der 80er-, Anfang der 90er-Jahre ziemlich angesagt. Sie tauchten neongelb an den Bügeln schwarzglasiger Sonnenbrillen auf, als schrilles Pink auf Leggings oder auf leuchtend grünen T-Shirts. Mit einem schwarzen Stretchgürtel war unser Aussehen perfekt. Hautenge, knielange und meist sehr farbenfrohe Radlerhosen trugen viele Mädchen fast zu jedem Anlass. Ab und an gesellte sich dazu auch ein Ballonrock. Dann drängten sich die großen Marken der Kleidungshersteller in unser Bewusstsein. Nur wer Chucks, auch Converse-Schuhe genannt, oder Doc Martens, kurz Docs, anhatte, kombiniert mit einer Levis 501, flanierte gut gekleidet über den Pausenhof. An einem Handgelenk prangte idealerweise eine Swatch-Uhr, am anderen reihten sich dutzende Lederschnüre oder neonfarbene Armbänder, die wir 79er mit dem Feuerzeug an den Enden zusammenschweißten, damit wir sie nicht verloren. Wir bevorzugten farbenfrohe Pullis mit engen Bündchen an den Ärmeln und dem unübersehbaren Logo des Herstellers über der Brust. Die angesagten Mitschüler trugen Kleidung der Marken Chiemsee und Oxbow. Zerrissene Jeans riefen ungläubiges Kopfschütteln unserer Eltern hervor und so sehr es sich viele von uns auch wünschten: Damit durften nur die wenigsten in die Schule gehen. Wir steckten in T-Shirts, in denen wir versanken, trugen bunte Hosenträger und weiße Socken in den Turnschuhen.

Typisch 80er: Sonnenbrillen und Neonfarben.

Die Frisuren waren ähnlich markant: Der Pony wuchs bei Jungen wie Mädchen stetig in die Länge. Ein Symbol neuer Unabhängigkeit. Hatten die Jungen bislang noch auf ihren Igel-Haarschnitt bestanden, den am Nacken ein schmales, aber umso längeres „Haarbüschel-Schwänzchen" zierte, kamen jetzt die Popper-Haarschnitte in Mode. In der Mitte gescheitelt, trugen sie die Haare bis knapp über die Ohren und darunter abgestuft bis abrasiert. Die 79er Mädchen sprühten den Pony während der Wachstumsphase mutig mit Haarspray aus dem Gesicht zur Seite, trugen den Pferdeschwanz ganz weit oben, alternativ auch seitlich, und benutzten dafür dicke Stoffhaargummis. Parallel dazu entwickelte sich der Igelpony, kurz Mecki genannt.

Besonderes Merkmal zu dieser Zeit waren schlicht und ergreifend die unübersehbaren Brillenmodelle mit riesengroßen Gläsern. Eingefasst in Metall- oder Hornrahmen bedeckten sie fast das halbe Gesicht. Jahre später wurden viele von uns noch damit aufgezogen.

Auch an den Schulutensilien vollzog sich ein merklicher Wandel: Die alten Ranzen hatten ausgedient, jetzt gab es gepunktete Beutel von Benetton und Rucksäcke der Marke 4You, die wir lässig über einer Schulter trugen. Die altgedienten, ausklappbaren Mäppchen aus der Grundschule wichen länglichen Ledermäppchen, in die wir alles ungeordnet hineinstopften. Unsere Freunde kritzelten Sprüche, zahlreiche Muster und ihre Unterschriften auf das braune Leder. Im Inneren verbargen sich neben Pelikan- oder Lamy-Füllern Geodreieck und Zirkel, unzählige kleine Zettelchen und Briefe, die wir uns heimlich während des Unterrichts schrieben und zusteckten. Der Inhalt spiegelte die ganze Bandbreite unserer damaligen Gefühlswelt wider: Die Hochs und Tiefs der Freundschaften, anfängliche Schwärmereien, Kommentare über nervige Lehrer und anstrengende Geschwister und Eltern. Bei den 79er-Mädchen besonders beliebt: Das Tauschen der Lamy-Füller-Kappen. Da es diese Tintenschreiber in allen erdenklichen Farben gab, empfanden die Mädchen das als besonders originell.

Da gab es aber noch mehr als Klamotten und Schule. Fernsehserien und Filme zum Beispiel. E.T., Terminator und Indiana Jones hatten mittlerweile ihren Weg von den Kinoleinwänden herunter auf unsere Fernsehbildschirme gefunden. Mit Michael J. Fox reisten wir in die Zukunft, mit Han Solo und Luke Skywalker kämpften wir gegen das Böse und mit Else Kling lebten wir in der Lindenstraße.

Docs in allen Farben:
Die musste jeder haben.

Sind die so wie wir?

In unser Kindheitsidyll drangen plötzlich die Rufe nach Wiedervereinigung, Ausreise und Mauerfall. In der Schule und der Tagesschau hatten wir bislang die Landmarken eines Deutschlands gelernt, das einen Teil der BRD – Westberlin – in der DDR hatte. Einige hatten in diesem anderen Teil Deutschlands sogar Verwandte und somit persönliche Berührungspunkte. Anderen sagte das alles überhaupt nichts. Dass die Wiedervereinigung ein besonderes Ereignis sein musste, merkten wir spätestens daran, dass wir an diesem Abend nicht so früh ins Bett mussten wie sonst. „Das ist Deutsche Geschichte", sagte man uns zur Begründung. Verschlafen die Augen reibend, saßen wir also am späten Abend des 9. November 1989 mit unseren Eltern vor dem Fernseher. Wir hörten die freudigen Kommentare, sahen, wie sich auf dem Bildschirm wildfremde Menschen mal weinend, mal lachend in den Armen lagen.

Neue Freiheit:
Deutschland ist wieder vereint.

„Wir sind das Volk"

Wir 79er waren zehn Jahre alt, als zwischen 1989 und 1990 etwas ganz Aufregendes geschah: Unser Land, das seit 1961 durch eine Mauer in zwei Hälften geteilt war, wurde wieder vereinigt. Über die Nachrichten in den Medien bekamen wir seit dem 4. September 1989 mit, dass sich die Bürgerrechtler der DDR in den Montagsdemonstrationen in Leipzig zusammenfanden, um ihre Forderungen nach einem freien Land deutlich zu machen. „Wir sind das Volk", skandierten 70 000 Menschen bei einer dieser Demonstrationen am 9. Oktober. Was passierte da in unserem Land? Am 2. Mai 1989 begann Ungarn die Grenzanlagen zu Österreich abzubauen. Hunderte von DDR-Bürgern versuchten auf diesem Weg in den Westen zu gelangen. Trotz dieser Entwicklungen lud die DDR-Regierung unter Erich Honecker zur Feier des 40. Jahrestages der Gründung der Deutschen Demokratischen Republik nach Berlin ein. Neben den offiziellen

Feierlichkeiten fanden in vielen Städten Demonstrationen gegen die Sozialistische Einheitspartei Deutschlands (SED) statt. Die SED war nicht mehr Herr der Lage, Erich Honecker trat zurück. Auch seinem Nachfolger Egon Krenz gelang es nicht, die Situation zu stabilisieren. Am Abend des 9. November 1989 hielt SED-Mitglied Günter Schabowski eine Pressekonferenz vor Journalisten aus aller Welt, in der er verkündete, dass ab sofort die ständige Ausreise an allen Grenzübergängen der DDR zur BRD möglich sei. Daraufhin versammelten sich Menschenmengen auf den Straßen Berlins und forderten laut: „Tor auf! Tor auf!" Kurz nach Mitternacht waren dann alle Grenzübergänge der Stadt offen. Die Mauer war gefallen, die Grenzen geöffnet. Zehntausende DDR-Bürger konnten in dieser Nacht erstmals seit dem Bau der Mauer im August 1961 den Westteil Berlins wieder frei betreten.

Am 1. Juli 1990 übernahm die DDR dann das Wirtschaftssystem der Bundesrepublik. Die Beratungen über den Einigungsvertrag begannen und am 23. August 1990 beschloss die Volkskammer den Beitritt der DDR zum Geltungsbereich des Grundgesetzes am 3. Oktober 1990. Eine Wiedervereinigung war aber ohne die Zustimmung der vier Siegermächte nicht möglich. Nach dem erfolgreichen Abschluss der Zwei-plus-Vier-Gespräche erhielt Deutschland jedoch seine volle Souveränität zurück. In der Nacht zum 3. Oktober 1990 feierten Tausende Menschen vor dem Reichstagsgebäude in Berlin den Beitritt der DDR zum Bundesgebiet. Die Bundestagswahl am 2. Dezember 1990 war die erste freie gesamtdeutsche Parlamentswahl seit 1932. Wahlsieger wurde die christlich-liberale Regierungskoalition unter Bundeskanzler Helmut Kohl, der 1991 zum ersten gesamtdeutschen Kanzler gewählt wurde.

Toooor!

Für alle Jungen, die Anfang der 80er jeden Dienstagnachmittag mit dem jungen Tommi Ohrner in der Kultserie „Manni, der Libero", in Gedanken selbst den Fußball gekickt hatten, ging 1988 ein Jungentraum in Erfüllung: Die Fußballeuropameisterschaft wurde in Deutschland ausgetragen. Zumindest spielte sich Deutschland gegen die Niederlande ins Halbfinale. Zwei Jahre später schon ging die Fußballbegeisterung dann auch auf die Mädchen über: In Italien stand Deutschland während der Fußballweltmeisterschaft im Finale. Auch wenn die weiblichen 79er mehr für Jürgen Klinsmann schwärmten als dem Spielverlauf zu folgen, bekamen sie doch mit, dass die deutsche Mannschaft mit einem 1:0 gegen Argentinien den Weltmeistertitel nach Hause holte.

Vorboten der Pubertät

Unsere Nachmittage verbrachten wir mit Beschäftigungen, die irgendwo zwischen Kindheit und Jugend lagen. Die Mädchen spielten mit ihren Freundinnen noch immer mit Barbies und kauften sich Diddl-Maus-Utensilien wie Stifte und Hefte für die Schule. Nachmittags trafen sich dann Jungen wie Mädchen mit Freunden auf Spielplätzen, um „zu reden". Die Nächte wurden zunehmend bei Freunden verbracht. Zwischen unsere „Was-Ist-Was?"-Bücher in den Regalen schlichen sich bei vielen von uns immer öfter die reich bebilderten, mit Schminktipps und Starschnitten ausgestatteten Jugendzeitschriften. In „Mädchen" und „Bravo" lernten wir, was gerade angesagt war. Vor allem die Gedanken der Mädchen waren ganz woanders, denn schon 1990 verehrten sie die New Kids on the Block mit ihrem größten Hit „Step By Step". Auch aus der wöchentlichen Sendung Formel 1 holten wir uns die wichtigsten Informationen über die neuesten Musiktitel. Ab 1992 fieberten wir über Jahre hinweg mit unseren Idolen Brandon und Brenda Walsh, Kelly, Dylan und Donna in der Mega-Serie Beverly Hills 90210.

Mit blau oder braun getuschten Wimpern, der ersten Tönung auf dem Haar und der ersten Begegnung des dunklen männlichen Flaums über der Oberlippe mit einem Rasierer wagten wir 79er uns mit vorsichtigen Schritten auf neues Terrain. In unseren Kinderzimmern, zwischen Kuscheltiere, auf Schranktüren und neben Fantasieposter mit Wasserfällen und Delphinen drängten sich immer öfter die Bilder unserer Stars. David Hasselhoff, lässig angelehnt an sein rotes Superauto K.I.T.T. Der Bravo-Starschnitt von Tom Cruise aus dem Film Top Gun oder auch Morten Harket, besser bekannt als Mädchenschwarm und Sänger der Gruppe A-ha. 1992 sahen wir Whitney Houston in den Armen ihres Bodygards Kevin Costner liegen und schmachteten bei „I will always love you" mit.

Idole auf Zeit: Schauspieler der Serie Beverly Hills 90210.

Aber da gab es auch noch Milli Vanilli, die Band, die nie selbst sang. Dafür tönten umso lauter aus unseren riesigen Musikanlagen im Baukastensystem die echten Rhythmen von Lambada. Auch die Songs aus unserem Kultfilm Dirty Dancing hörten wir immer wieder, von MC Hammer dröhnte „U can't touch this" und „Have you seen her". Auch auf den Kassetten und Schallplatten tauchte David Hasselhoff wieder auf und trällerte fröhlich „I've been looking for freedom". Etwas Neues kündigte sich an – es war nicht zu überhören, es war nicht zu übersehen. Bundesweit wussten nun die Eltern der 79er: Sie kommt, die Pubertät.

Auf Tuchfühlung:
Gemeinsam beschritten wir neue Wege.

Lasst uns in Ruhe!

Teilten wir bis zu diesem hormonellen und geistigen Wendepunkt all unsere Gedanken, Erlebnisse, unseren Kummer und unsere Freude mit Mama und Papa, nahm das nun langsam, aber stetig ein Ende. Kein Mensch auf der Welt verstand uns mehr – ausgenommen die beste Freundin oder der beste Freund. Wie hätte jemand anderes auch unser Gefühlschaos begreifen können. Schließlich hatten wir eine Begegnung mit dem tollsten Jungen der Welt oder dem süßesten Mädchen aller Parallelklassen gehabt. Das konnten unsere Eltern wohl auf keinen Fall nachvollziehen: Wir waren zum ersten Mal verliebt.

Stundenlang analysierten wir jeden Blick, jede Geste und jede Möglichkeit, an ihn oder sie heranzukommen. Die 79er-Mädchen saßen nachmittags in Grüppchen um das Telefon, kicherten, malten sich die romantischsten Szenarien aus und trauten sich doch nicht, den Hörer abzunehmen und anzurufen. Die 79er-Jungen schlichen unbeholfen um das Objekt der Begierde herum, versuchten mit besonders lässigem Gehabe, albernen Witzen oder Raufereien auf sich aufmerksam zu machen.

Durch Fügung – oder besser gesagt durch das Zutun gemeinsamer Freunde – liefen dann aber doch bald die ersten Pärchen Händchen haltend über den Pausenhof. Klar, dass in das junge Liebesglück nicht die Meinung der Eltern passte. „Was habt ihr denn heute in der Schule gemacht?" Die alltägliche Frage am Mittagstisch ließ uns im Gegensatz zu früher plötzlich aufbrausen. „Nichts – fragt doch nicht immer so!", schleuderten wir unsere Antwort über den Hackbraten hinweg in die erstaunten Gesichter der restlichen Familie.

Viele von uns wurden in dieser Zeit konfirmiert. Nach zwei Jahren wöchentlichen Unterrichts war der große Tag gekommen: Im ersten Anzug und im ersten Kostüm erhielten wir unseren Segen und galten von nun an wenigstens in der Kirche als vollwertiges, erwachsenes Mitglied.

Mit Floppy ins Glück

Hatten einige das Glück, sich schon früh mit einem C64 und Floppy Disks auf das neue Technikzeitalter vorbereiten zu können, fanden sie stundenlange Unterhaltung bei den California und Winter Games, Maniac Mansion oder Giana Sisters. Dann kam etwas Kleines, Tragbares in unscheinbarem Grau daher: der Gameboy. Fast wie besessen stürzten sich einige von uns in die Spielwelten. Tetris hatte jeder. Spannend wurde es, wenn wir Spiele tauschten: Donkey-Kong, Super Mario und Zelda standen hoch im Kurs. Der Gameboy begleitete uns im Auto, in der Schule, im Urlaub. Die damals noch simple schwarz-weiße Grafik tat dem Spaß keinen Abbruch. Neben dem Gameboy schleppten wir noch ein anderes Gerät mit uns herum – den Walkman. Vom Radio aufgenommene Lieblingslieder dudelten

Ständige Begleiter:
Gameboy und Walkman.

auf ersten eigenen Musikkassetten in unsere Ohren. Dann machte eine Neuigkeit die Runde: CD-Player sollten die Plattenspieler mit den Staub fangenden Nadeln und die Kassettenrekorder ersetzen? Niemals, das konnte sich keiner von uns vorstellen. Viel zu große Freude hatten beide Geräte uns doch bisher gebracht.

1, 2, 3 – Tep

In der Übergangsphase zum jungen Erwachsenen kamen wir beim notwendigen Erlernen des richtigen gesellschaftlichen Umgangs nicht an einer wichtigen Institution vorbei: der Tanzschule. Ein wenig eingeschüchtert standen wir mit unseren 14 Jahren auf dem frisch gebohnerten Parkett, schielten zu dem jeweils anderen Geschlecht hinüber und beteten insgeheim, dass wir nicht mit dem oder der Blödesten aus der Klasse einen ganzen Tanz überstehen mussten. Wir schoben uns mehr oder weniger elegant bei Walzer, Cha-Cha-Cha und Disco Fox durch den Raum und erlernten unter anderem den richtigen Umgang von Mann und Frau in der Gesellschaft. Zum krönenden Finale und nach wochenlanger harter Beinarbeit, ging es dann mitsamt Eltern zum festlichen Abschlussball. Die Jungen in Anzügen, die Mädchen in schicken, meist schwarzen Ballkleidern, so staksten und stolperten wir gar nicht mal so ungeschickt durch den Festsaal und forderten galant Mutter und Vater des Abschlussballpartners zu einem Tänzchen auf.

Immer im Takt: erste Annäherungsversuche in der Tanzschule.

Die jungen Wilden

Ich geb' Gas, ich will Spaß!

Viele der 79er-Jungen besaßen mit 15 Jahren ein kleines Mofa und fühlten sich wie die Größten! Die – zumindest in ländlichen Gebieten – lange und heiß ersehnte mobile Unabhängigkeit von den Eltern kam endlich in greifbare Nähe, langsam, aber stetig. Denn mit maximal 25 Kilometern pro Stunde waren den Entfernungen, die man zur ersten festen Freundin oder auf den Fußballplatz hinter sich legte, schlichtweg Grenzen gesetzt. War der eine oder andere technisch begabt, schraubten und bastelten die Jungen ganze Nachmittage an ihren heißen Öfen, um doch noch mehr herauszuholen. Die Mädchen staunten nicht schlecht, wenn dann tatsächlich ein unscheinbares Mofa mit gut 50 Kilometern pro Stunde an ihnen vorbeisauste. Manche erreichten sogar die 80er-Grenze, ohne dass der Untersatz in alle Teile zerfiel. Bei den Mädchen standen

Chronik

20. Januar 1993
Der Demokrat Bill Clinton löst den Republikaner George Bush als neuen Präsidenten der Vereinigten Staaten ab.

1. Juli 1993
In Deutschland werden fünfstellige Postleitzahlen eingeführt.

26. April 1994
In Südafrika finden die ersten freien Wahlen statt: Der ANC mit Nelson Mandela wird stärkste Kraft.

13. September 1994
Der israelische Ministerpräsident Yitzhak Rabin, dessen Außenminister Shimon Peres und der palästinensische Staatsmann Yassir Arafat erhalten den Friedensnobelpreis für das Gaza-Jericho-Grundlagenabkommen.

28. September 1994
Beim Untergang der Fähre Estonia sterben 918 Menschen.

30. April 1995
Greenpeace-Aktivisten besetzen in der Nordsee die Ölplattform Brent Spar. Sie wollen verhindern, dass die Konstruktion versenkt wird.

26. Mai 1995
Das Schengener Abkommen tritt in Kraft. Damit verzichten mehrere europäische Staaten auf Kontrollen des Personenverkehrs an ihren gemeinsamen Grenzen.

25. März 1996
Jan Philipp Reemtsma wird für 32 Tage entführt.

5. Juli 1996
Das Klonzeitalter beginnt mit der Geburt von Schaf Dolly.

26. Juni 1997
Der erste Band der erfolgreichen Harry Potter-Romane „Der Stein der Weisen" von Joanne K. Rowling erscheint.

4. Juli 1997
Die Sonde Pathfinder landet auf dem Mars und schickt den Geländewagen Sojourner auf Erkundungsfahrt.

31. August 1997
Lady Diana, Prinzessin von Wales, verunglückt tödlich bei einem Autounfall in Paris.

Jungentraum: ein eigenes Mofa.

dagegen eher Aussehen und Bequemlichkeit der Fahrzeuge im Vordergrund. Viele von ihnen hatten mit 15 auch einen Mofa-Roller, mit dem sie nachmittags zu ihren Freundinnen tuckerten.

Geländemaschine, Straßenmaschine, Automatikroller, Roller mit Schaltung – so richtig los ging es dann mit 16 Jahren. Hatte man die Eltern davon überzeugen können, dass auch sie von unserer neuen Unabhängigkeit profitieren würden, kamen viele aus unserer Generation in den Besitz eines Mopeds oder Rollers. Die konnten bedeutend schneller fahren und wir in größerem Radius unsere Freizeit gestalten. Mal von vielen schlaflosen Nächten unserer Eltern abgesehen, in denen sie um uns und die anderen Verkehrsteilnehmer bangten, mussten sie endlich nicht mehr unsere privaten Chauffeure sein.

„Kannst du mich mal kurz zu Anna fahren?“ oder „Wir wollen am Samstagabend ins Kino. Spätvorstellung. Wenn du uns hinfährst, dann holt uns der Vater von Manuel ab.“ So oder so ähnlich klangen unsere Aufträge.

Mit 17 Jahren begannen die meisten von uns mit ihrem Auto-Führerschein. Pünktlich zu unserem 18. Geburtstag wollten wir ihn nämlich in Händen halten. Und so besuchten wir unsere Theorie- und Praxisstunden sehr gewissenhaft. Die meisten von uns – vor allen Dingen die Jungen – strengten sich beim Lernen fast mehr an als in der Schule. Bedeutete doch ein Auto-Führerschein wieder ein Stückchen mehr Unabhängigkeit. Besonders für diejenigen, die keinen Roller hatten.

Schneller bei den Freundinnen: Der Roller machte es möglich.

Null Bock?

Wir plapperten oftmals ohne Unterbrechung. In der Schule waren die Lehrer deshalb häufig der Verzweiflung nahe. Kleine und große Einträge ins Klassenbuch sollten uns am Ende des Schuljahres in den Betragensnoten, die es in manchen Bundesländern noch gab, wieder an unsere Unaufmerksamkeit erinnern. Überhaupt bescheinigten uns die Noten in unseren Zeugnissen teilweise erschreckende Talfahrten.

Fragten die Lehrer uns dann etwas zum Schulstoff, brach das große Schweigen aus. Kaum drehten sie uns wieder den Rücken zu, ging es von vorn los. Auf Zettel, in Schulbücher, einfach auf alles, was wir fanden, wurden kleine Botschaften gekritzelt. Es gab aber auch immer viel zu bereden: die erste

Immer im Doppelpack:
die besten Freundinnen.

Verabredung inklusive erstem „richtigem Kuss“, wie wir uns die Haare schneiden lassen wollten, wie sich wohl die dramatischen Entwicklungen in den Serien Marienhof, Verbotene Liebe und Gute Zeiten, schlechte Zeiten auflösen würden und ob man sich die neueste CD ausleihen könnte. Für andere Themen hatten manche von uns zeitweise überhaupt kein Interesse. Vielleicht wurde uns deshalb so oft vorgeworfen, die Null-Bock-Generation zu sein.

Aber zur Ehrenrettung: Viele von uns engagierten sich in den verschiedenen nachmittäglichen Arbeitsgruppen. Dort schrieben wir für die Schülerzeitung, probten mit der Laienspielgruppe für die nächste Schulaufführung oder übten unsere Korbleger am Basketballkorb. Einige lernten ein Instrument, gingen in den Schulchor, wieder andere engagierten sich in ihrer Kirchengemeinde. Den einen oder anderen wählten die restlichen Mitschüler zum Klassensprecher.

Schulbank oder Werkbank?

Nach der neunten oder zehnten Klasse, je nachdem, ob uns die Empfehlung des Grundschullehrers auf die Haupt- oder Realschule geführt hatte, stellten sich viele von uns die entscheidende Frage: Was wollen wir eigentlich mit unserem Leben anfangen? Einige hatten von den Schulbüchern genug, wollten endlich in die „richtige Welt“ und einen Beruf erlernen. Der eine träumte vom Kfz-Mechaniker-Beruf, von einer Laufbahn im öffentlichen Dienst, die andere von einer Frisörlehre oder der großen Bankkarriere. Aber die Realität holte uns ganz schnell ein: Hatten wir recht schnell einen Ausbildungsplatz gefunden, mussten wir schon wieder die Schulbank in der Berufsschule drücken! Es nahm kein Ende. Zumindest verdienten wir unser eigenes Geld. Auch wenn das als Azubi eher spärlich ausfiel, reichte es doch, Benzin und die Unternehmungen an den Wochenenden zu finanzieren. Oft lag der Betrieb oder die Dienststelle gar nicht weit von unserem Elternhaus entfernt, sodass wir noch ein paar Jahre keine Miete zahlen mussten.

Nach der Schule:
mit den Freunden unterwegs.

Viele von uns entschlossen sich dafür, lieber noch ein paar Schuljahre anzuhängen. Wir durften zum ersten Mal unsere Fächer selbst zusammenstellen Fast jeder von uns hatte ein bestimmtes Fach, mit dem er gar nicht zurechtkam. Da freuten wir uns doch sehr, wenn wir diese Fächer in der elften Klasse abwählen konnten.

Die Oberstufe brachte aber noch viele weitere Änderungen mit sich: Die ehemaligen Klassenverbände lösten sich durch die Kursstruktur auf und die komplette Stufe wurde neu zusammengewürfelt. Freundschaften veränderten sich und es entstanden neue Grüppchen, die in den Pausen auf dem Schulhof oder in der Raucherecke zusammenstanden, die sich nachmittags trafen oder die eine bestimmte Bank vor der Schule zu ihrem Lieblingsplatz ernannt hatten. Neue Ideen, neue Freunde – es war eine spannende Zeit.

Tanzen, rocken, grölen

Und es gab Partys! Wir gingen auf Schulpartys, Grillfeste, in die nächstgelegene Disko. Irgendjemand organisierte immer eine Feier, irgendwo war immer etwas los. Hauptsache, es ging dorthin, wo sich die meisten Bekannten tummelten. Vorher musste man sich natürlich entsprechend vorbereiten: Viele Mädchen schlüpften dazu in ihre zentimeterhohen Stiefel oder Schuhe von Buffalo. Es gab auch Sommermodelle, die hinten offen waren. Am Handgelenk musste idealerweise eine Baby-G-Uhr in hellblau oder rosa mit digitaler Ziffernanzeige sitzen. Dazu wurde der Kajal dick auf den unteren Lidrand aufgetragen und schon konnten die 79er-Mädchen losziehen. Die Jungen dagegen zogen sich bedruckte Kapuzenpullover oder Longsleeves an, um ihren Musikgeschmack unkompliziert und ungefragt mitzuteilen. Denn häufig prangten über der Brust der Name der Lieblingsband, das Plattencover oder die Bandsymbole. Dazu waren Mitte der 90er Latzhosen in, bei denen oft ein Träger

Partylaune: Rumalberei zum Jahreswechsel.

In Feierlaune:
Wir hingen immer aufeinander.

lässig herunterhing. Manchmal trug man die Hose auch falsch herum, sodass die Gesäßtaschen vorn saßen. Hauptsache, man sah annähernd so aus, wie die Schauspieler in amerikanischen Filmen.

Kam dann das Wochenende, wurde oft stundelang mit den Eltern um jede zusätzliche Stunde gefeilscht, die wir länger auf einer Party verbringen durften. Wir mussten schließlich immer genau dann nach Hause, wenn es am lustigsten wurde.

Wenn das damals auf zahlreichen Partys angesagte Tauschgeschäft „10 DM – leer gegen voll" angeboten wurde, waren wir natürlich dabei. Wir füllten unsere Becher immer wieder mit Cola-Bier, tranken Wodka-Lemon oder den Kleinen Feigling. Ausgelassen feierten wir bei der genauso angesagten Neuen Deutschen Welle und Nenas 99 Luftballons. Und genau in dem Moment, in dem wir verschwitzt, aber glücklich die letzten Zeilen des Refrains mitplärrten, stand ausgerechnet unsere große Flamme vor uns. Wir wären am liebsten sofort weggerannt, was uns aber natürlich unsere Lässigkeit verbot.

Auch wenn wir 79er uns in unserer Freizeitgestaltung ähnelten, so gab es doch einen markanten Unterschied zwischen Jungen und Mädchen: Während sich die Sympathien der Mädchen mehr an den Jungen der höheren Klassen orientierten, hinkten die Jungen des eigenen Jahrgangs oft noch in der Entwicklung hinterher und so blieb ihnen nichts anderes übrig, als sich in den unteren Jahrgängen nach dem anderen Geschlecht umzuschauen. Hatten wir in den vergangenen Jahren bislang nur für jemanden geschwärmt, so bahnte sich jetzt bei vielen die erste große Liebe und bei einigen die erste langjährige Beziehung an.

Wer blickt hier noch durch?

Als wir unsere Kinderkassetten in den Schrank gepackt hatten, drangen plötzlich ziemlich laute und hartnäckige Töne aus unseren Jugendzimmern. Den Anfang machten noch verhältnismäßig melodische Rhythmen: U96 mit „Das Boot" (1992), SNAP! mit „Rhythm Is A Dancer" (1992) oder Culture Beat mit „It's My Life" (1993). Merkmal dieser Musikrichtung war ein technoähnlicher Beat. Typisch war ein Wechselspiel zwischen einer weiblichen Sängerin, die den Refrain sang, und einem männlichen Rapper. In unseren CD-Standregalen mehrten sich die Singles von 2 Unlimited, Haddaway, Mo-Do und Dr. Alban. Auch Scooter machte von sich reden, teilte uns 79er aber in zwei Lager: Entweder man mochte seine Musik oder eben nicht.

So weit kamen wir noch mit. Aber als wir anfingen, unsere Wochenenden in Diskotheken zu verbringen, eröffnete sich für uns die unüberschaubare Welt der Techno-Beats. Durch eine Kommerzialisierung und Anpassung der Rhythmen an den Geschmack vieler spielten Dancefloor-Stücke große Summen ein. Es gab aber auch Titel, die aus den eigentlichen Techno-Reihen entstanden. Die Frau mit den grün gefärbten Augenbrauen zum Beispiel sang uns von einem Land jenseits des Regenbogens. Marusha verkaufte damit über 500 000 Singles.

Ende 1991 entwickelte sich ein neues und erfolgreiches Partykonzept, das sich Mayday nannte. Die Spielzeit wurde meist auf nur eine Stunde pro Disk Jockey (DJ) festgelegt, um möglichst vielen DJs eine Plattform zu geben. Unter den bekanntesten waren Sven Väth und Talla 2XLC. Noch populärer als die Mayday wurde die Loveparade in Berlin ab den 90er-Jahren. Hier versammelte sich die gesamte tanz- und feierwütige Jugend Deutschlands. Die beiden großen Technostile teilten sich in Techno und House. Dabei waren die House-Rhythmen oft langsamer und eher mit traditionellen Instrumenten hinterlegt.

Wesentlich schneller präsentierte sich das Hardcore-Techno. Samples und Stimmen wurden meist verzerrt oder anderweitig verfremdet. Die großen Namen waren Thunderdome und Terrordrome.

Im Musikrausch: tanzen auf der Loveparade.

Provokation oder neue Ästhetik?

Die 90er-Jahre waren das Zeitalter der Tattoos und Piercings. Alles fing relativ harmlos an: Einige Mädchen und Jungen brannten plötzlich darauf, an einem oder beiden Ohrläppchen mehr als nur ein Ohrloch zu haben. Als die Ohrläppchen bearbeitet waren, prangte bei vielen ein silberner Stecker in der Ohrmuschel. Der nächste Schritt waren oftmals Bauchnabel-Piercings mit glitzernden Strass-Steinen. Das alles war noch recht dezent. Auffälliger wurde es, als einige Mitschüler mit geschwollenen Nasenflügeln, Augenbrauen oder Unterlippen im Unterricht saßen. Manche wagten es sogar und ließen sich die Zunge durchstechen, weshalb sie einige Tage kaum sprechen und essen konnten. Wir hatten zu Hause harte Kämpfe durchzustehen, bis wir die dazu ersehnte schriftliche Erlaubnis der Eltern in Händen hielten, die in seriösen Piercing-Studios verlangt wurde, wenn man noch keine 18 Jahre alt war.

Auch Tattoos waren bei vielen beliebt. Manche Schultern unserer Mitschüler zierte ein chinesisches Zeichen, dessen Bedeutung zuvor mit dem Tätowierer abgesprochen worden war. Auf Knöcheln, Hüftknochen und Steißbeinen prangten nach und nach ebenfalls Schriftzeichen, Symbole und Bilder. Auch für Tattoos mussten Genehmigungen der Eltern eingeholt werden, was die Sache nicht erleichterte.

Die neuen Süchte

Unsere Welt wurde immer technischer, immer digitalisierter. Neben unserem ersten Computer, auf dem wir Mitte der 90er allerhöchstens Schulreferate tippten und von dem wir etwas später einige spärliche E-Mails verschickten, eroberte langsam das Handy den Markt. Die ersten Geräte waren noch relativ groß und schwer und hatten eine Antenne, die man ausziehen musste, um überhaupt Empfang zu haben. Kurz vor dem 18. Geburtstag besaßen die ersten Mitschüler ein Mobiltelefon. Damit schickten sie sich gegenseitig kleine Textnachrichten, auch sms (short message service) genannt. Eine weitere Kommunikationsmöglichkeit hatte sich somit aufgetan. Die Notwendigkeit von Computern war allen Eltern leicht klarzumachen. Auch die Nützlichkeit eines Handys sahen sie früher oder später ein. Konnten wir doch so viel bequemer zu Hause anrufen, wenn es

auf einer Party später wurde oder wenn wir den Bus verpasst hatten.

Zumindest einmal hatte es jeder ausprobiert: das Rauchen. Jenseits der elektronischen Süchte wuchs bei vielen das Verlangen nach Nikotin. Lässig sollte es anfangs sein. Viele fühlten sich mit dem Glimmstängel älter. Die Zigarette in der Hand wurde für viele 79er vor der Schule und auf Partys zum ständigen Begleiter.

Der erste Zug: Probiert haben es alle.

79er allein unterwegs

Die Urlaube mit den Eltern waren zwar schön gewesen, aber trotzdem wünschten wir uns immer mehr, ohne sie, nur mit unseren Freunden zu verreisen. Hatten wir endlich durchgesetzt, mit der besten Freundin, dem besten Freund oder gleich einer ganzen Gruppe verreisen zu dürfen, ging das Abenteuer los: Wir wälzten Kataloge und merkten zum ersten Mal, wie

Sommerurlaub: In der Gruppe machte es doppelt Spaß.

viel Geld so ein Urlaub eigentlich kostete. Viele von uns wollten unbedingt nach Mallorca und Ibiza, dorthin, wo richtig viel los war und wo bis in die frühen Morgenstunden gefeiert wurde. Wichtig waren Meer, Strand und Partys. Andere verreisten lieber mit organisierten Gruppen zum Sprachurlaub, ins Zeltlager oder in den Ski-Urlaub. Die Priorität der ersten eigenen Urlaube lag darauf, sich möglichst unabhängig zu fühlen, was wir auch taten.

Ski Heil: Zum ersten Mal ohne Eltern auf der Piste.

Wir und die Welt um uns herum

Politik, Naturkatastrophen, Sportereignisse: Längst waren wir alt genug, um nicht nur den Geschehnissen Beachtung zu schenken, die sich in unserer unmittelbaren Nähe abspielten. Wir bekamen sehr genau mit, was in unserem Land, was in Europa und in der ganzen Welt geschah und wir interessierten uns auch immer mehr dafür.

Als zum Beispiel Bill Clinton 1993 als Nachfolger von George W. Bush (Senior) zum US-amerikanischen Präsidenten gewählt wurde, war das die erste Präsidentenwahl in den USA, die wir bewusst miterlebten. Anhand der Bilder, die wir im Fernsehen sahen, verstanden wir auch, welch großer Schritt es wohl sein musste, dass Nelson Mandela 1994 nach dem Ende der Apartheid erster schwarzafrikanischer Präsident Südafrikas wurde. Geschockt waren wir hingegen vom Genozid, der ein paar Monate später in Ruanda stattfand: Hutus mordeten dort damals fast eine Million Tutsis.

Wir bekamen mit, dass sich 1993 die Tschechoslowakei auflöste und die Nachfolgestaaten von da an Slowakei und Tschechien hießen. 1996 wurde das in Amerika geklonte Schaf Dolly der Öffentlichkeit vorgestellt. Weltweit waren Ethikräte und Wissenschaftler bereits vor der Geburt in eine scharfe Diskussion darüber geraten, ob dieses Vorhaben rechtens sei.

Aber es gab auch Ereignisse, die nur unser eigenes Land sehr beschäftigten. 1995 gingen in München 20 000 Menschen gegen das Kruzifix-Urteil des Bundesverfassungsgerichts auf die Straße. 1994 endete mit der Festnahme von Arno Funke, der zuvor als anonymer Kaufhauserpresser Dagobert Schlagzeilen gemacht hatte, einer der am längsten andauernden Erpressungsfälle in Deutschland. Hautnah erlebten wir 1994 am Fernseher die Eröffnung der 17. Olympischen Winterspiele im norwegischen Lillehammer mit. Sie waren die ersten Spiele außerhalb des regulären Zyklus, der vom IOC geändert wurde, um alle zwei Jahre abwechselnd Winter- und Sommerspiele auszurichten.

Mit Spannung verfolgten wir auch, dass sich die Staats- und Regierungschefs der EU 1995 auf den Euro als gemeinsame Währung einigten. Man vereinbarte den 1. Januar 1999 als Einführungsdatum.

Trenne ruhig „st" – es tut ihm gar nicht weh

1996 einigten sich die deutschsprachigen Länder Europas auf die Neuregelung der deutschen Rechtschreibung. Die Reform löste über Jahre hinweg scharfe Diskussionen aus, weil einige Sprachwissenschaftler, Schriftsteller und auch Buch- und Zeitungsverlage diverse der vereinbarten Punkte für falsch hielten. Dabei schien manches plausibel, weil es vorher nicht definierte Regelungen generalisierte: Beispielsweise stand nach kurzen Vokalen von nun an immer ein „Doppel-S", während nach langen ein „Ess-Zett" richtig war. So wurde aus Fluß zum Beispiel Fluss, aber Fuß blieb Fuß. Ebenso sinnvoll schien, dass Wörter wie Kaffeeernte und Schifffahrt nicht mehr mit zwei, sondern mit drei „e" und „f", geschrieben wurden. Dass man aber Wörter, die offensichtlich aus einer anderen Sprache stammten, eindeutschte, war oft Grund großen Ärgernisses in der Öffentlichkeit. Das aus dem Französischen kommende Wort Portemonnaie wurde zu Portmonee und das aus dem griechischen entlehnte Wort Geographie kurzerhand zu Geografie. Die Kritik: Die Herkunft der Wörter wurde dadurch unkenntlich gemacht.

Mussten vor der Reform zwei Hauptsätze durch ein Komma voneinander getrennt werden, wenn sie mit „und" oder „oder" verbunden waren, konnte das Komma nun weggelassen werden. „Trenne nie ‚st', denn es tut ihm weh" hatten wir noch in der Grundschule gelernt. Nach der Rechtschreibreform war aber sogar dieser Merksatz hinfällig und das Trennen der beiden Buchstaben vorgeschrieben.

Endlich ist es so weit

Was hatten wir 79er nicht alles erlebt? Aufregende Partys in der Disko und bei Freunden, das mulmige Gefühl vor dem ersten Kuss, unbeschwerte Momente, in denen wir mit unseren Freunden so lange im Schwimmbad planschten, bis wir uns mit blauen Lippen und vor Kälte bibbernd auf das warme Handtuch warfen, Nachmittage in selbst gebauten Hütten, die Ehrfurcht, die uns übermannte, wenn wir am Heiligen Abend erwartungsvoll mit unserer Familie das Weihnachtszimmer betraten, die Geborgenheit, die wir empfanden, wenn unsere Eltern uns ins Bett brachten und in den Schlaf sangen.

Der 18. Geburtstag – dieser Tag hatte für uns eine ganz besondere Bedeutung. Es gab so viele Dinge, die wir dann endlich machen konnten: Wir durften Auto fahren, zum ersten Mal wählen, man ließ uns in fast alle Diskos und wir konnten Alkohol kaufen, ohne dass es verboten gewesen wäre.

Diejenigen von uns, die noch zur Schule gingen, beschäftigten sich immer intensiver damit, was sie nach dem Abitur machen wollten. Die meisten Jungen hatten noch ein Jahr länger Bedenkzeit als die Mädchen. Sie gingen erst einmal zur Bundeswehr oder machten Zivildienst. Auch manche Mädchen planten für die Zeit nach der Schule weder Ausbildung noch Studium, sondern wollten für ein Jahr als Au-pair ins Ausland, wollten ein Freiwilliges Soziales oder Ökologisches Jahr machen. Uns standen alle Türen offen, aber die meisten von uns waren trotzdem oder gerade deshalb völlig ratlos. Einige wenige hatten seit Jahren einen Traumberuf vor Augen, den sie auf jeden Fall erlernen wollten. Manche zog es nach dem Abitur in eine andere Stadt oder sogar in ein anderes Land.

Unverzichtbar: die Nachmittage im Freibad.